— 書き下ろし長編官能小説 —

帰りたくない人妻

桜井真琴

竹書房ラブロマン文庫

目次

※この作品は竹書房ラブロマン文庫のために書き下ろされたものです。

第一章　深夜のオフィスで女上司と

1

夜の十時をまわったときだ。
石田彰人《いしだあきと》はデスクに座ったまま、うーんと伸びをした。
その瞬間、深夜のオフィスには似つかわしくない、濃厚な香りが鼻先にふわっと漂う。
思わず隣のデスクに座る、上司の野川冴子《のがわさえこ》を横目で見た。
（ああ……冴子課長の匂いだ。くうう……冴子課長って、いい匂いがするよなあ）
化粧品売り場のような、ムンとするような濃くて甘い香りである。
野川冴子は三十五歳。

社内でも評判の仕事のデキる女であり、平《ひら》の社員がみな震えあがるような厳しい鬼上司にもかかわらず、男子社員の人気ナンバーワンだった。

怖いのに男性人気があるというのは、ひとえに冴子の類《たぐ》い希《まれ》な美貌やスタイルのよさにある。

端正な顔立ちの、かなりの美人だった。

形のよいアーモンドアイは、かなりの目力があり、キリッとした切れ長の目元は見つめられるだけでドキッとしてしまう。

目元だけでなく、鼻筋も通って、潤んだ赤い唇もやけに色っぽい。

おでこを出したストレートボブヘアの似合う瓜実顔《うりざね》のいかにも「仕事のできる女」なのに、人妻らしい色っぽさも感じるからたまらない。

(女優みたいに派手な美人だよなあ……これで三十五歳の人妻なんだから、信じられないよ)

パソコンに向かう上司の冴子を、彰人はうっとりした目で眺めていた。

昼間だったら、こんなに近くで視姦できない。

夜十時。

オフィスに残っているのは彰人と冴子だけ。

他の誰にも邪魔されず、憧れの女上司の類い希な美貌や、きめ細やかな白い肌や、さらにはジャケットの上からでもわかる、豊満な胸のふくらみの丸みをまじまじと注視して堪能していた。

「何？」

突然、冴子がじろりと睨んできた。

いやらしい視線を感じたのだろう。

細フレームの眼鏡の奥の目が、きらりと光ったような気がして、彰人は慌てて目をそらした。

「な、なんでもないです。何時くらいかなあって、壁の時計を見てて」

彰人が言い訳すると冴子が椅子をまわして、こちらに向いた。

座っているからタイトスカートがズレあがっている。

冴子課長のナチュラルカラーのパンティストッキングに包まれた太ももが、半ば近くまで見えていて、さらにドギマギしてしまう。

「石田クン。どうも集中できてないようね。これはあなたのためにやってるんですからね」

ぴしゃりと言われて、彰人は恐縮した。

どうやら時計を気にしたことで、「帰りたい」と思っていると勘違いされたようである。

「そ、そんなことないです……あ、あの……もう少しで提出できますから」

焦って言うと、冴子がため息をついた。

「それほど直すところはなかったはずよ。集中しなさい」

「は、はい」

彰人は慌ててパソコンの画面を見る。

(いかん。とにかく企画書を仕上げないと)

彰人は飲食店の業務用シンクやコンロなど、メーカーから仕入れて工務店に卸す小さな商社の営業をしている。

二十九歳。

そろそろ中堅ポジションが見えてきて、後輩にも教える立場である。

ところがいまだ成績はパッとしない。

なぜなら営業のくせに彰人はシャイで、押しが弱いからだ。

向いてないのはわかっている。

ほぼ毎日、冴子課長に怒られまくって呆れられている。

今日も工務店にゴリ押しされて、金額の安い見積もりをつくってしまい、それを冴子に咎《とが》められて残業して直しているのだ。

(でも今日は……そのおかげで、冴子課長とふたりっきりだ)

実はそんな邪《よこしま》な気持ちがあって、修正はそれほどないのに、ついついこんな時間まで引き延ばしてしまったのである。

「なんか空気がよどんでいるわね。ちょっと窓開けてくれない？」

冴子課長がふいに言った。

「あっ、はい」

急いでオフィスの窓を開ける。

十月も半ばを過ぎていて、もう夜などちょっと寒いが、今夜は珍しくムシムシしていた。

秋の夜の風も、そこまで爽やかではない。

それでも外の空気はいいなと席に戻ろうと、振り向いたときだ。

(おおっ！)

冴子課長がジャケットを脱いでいた。

(ブ、ブラウス姿だっ……冴子課長の白いブラウス……)

彼女がブラウスになっただけでこれだけ興奮するのは、ひとえに冴子課長がオフィスの中では、滅多にジャケットを脱がないからである。

冬はもちろん、夏もそうだ。

まあエアコンが効いているから脱がなくてもいいのだろうが、やはり異様だ。

冴子課長がジャケットを脱がないのは、ずばり、巨乳だからである。

どうやら目立ちすぎる胸元に卑猥な視線を浴びるのがいやで、いつしか上着で隠すようになったらしい。

ところが、今夜は解禁だ。

彰人は鼻息を荒くしつつも、悟られないように横目で胸を見る。

すごい大きさだった。紛う方なき巨乳である。

(でけえっ……さすが社内ナンバーワン。しかし重いだろうな。スイカをぶら下げてるようなもんだよな。しかも二個)

ずっしりとした重量感と悩ましい丸みに、股間が疼いてしまう。

チラチラと、女上司の胸元を見ていたときだ。

「なんだか今日は、十月なのに暑いわね」

冴子がこちらを見た。

ハッとして、また目をそらす。

「そ、そうですね」

「珈琲《コーヒー》、飲む？」

ふいに冴子が訊《き》いてきた。

「あ、ぼ、僕が淹《い》れますから」

立とうとしたら、冴子が手で制してきた。

「キミは作業を続けなさい。もう少しなんでしょう？」

そう言って、彼女はさっと席を立つ。

後ろ姿がエロかった。

タイトスカート越しの冴子課長の双尻は、生地を破かんばかりの大きさだ。

歩くごとに、むちっ、むちっ、と揺れ動く尻の丸みが、ふるいつきたくなるほど肉感的で、悩ましく浮かぶパンティラインも生唾《なまつば》ものである。

（すごいお尻……腰は細いのに、そこから横にぶわんって広がって……）

股間が疼いてきた。

白いブラウスに透けるブラジャーのライン、くびれた腰、はちきれんばかりにスカートを盛りあげるヒップ、すらりとした上品なふくらはぎから、キュッと引き締まった足首……。

（たまんないなあ）

憧れの女上司とふたりきりといっても、ここまで意識するのは理由がある。

2

先日のことだ。

神社で珍しくおみくじを引いたら大吉で、

「この秋、最良の出会いあり。隣人に積極的にいけば幸あり」

と、やけに具体的に書いてあったのが気にかかっていたのだ。

いつもはおみくじなど気にもしないが、有名な恋愛成就の神社であったので、ちょっと頭に残っていたのだ。

（冴子課長のことだったり……なあんてな……相手は人妻だし……）

妄想していたら、ふわっと珈琲のいい匂いが漂った。

「はい、どうぞ」

冴子課長が珈琲の入った紙コップを置いてくれた。

手を伸ばしたときに、ブラウスがぴたりと身体に貼りつき、巨乳がより強調されてドキッとする。

「あら、ちょっと、ここ間違ってないかしら」

彼女が横について、パソコンの画面を指差した。

（えっ、さ、冴子課長っ！）

ぴたりと身体を寄せられて、彰人は身体を強張《こわば》らせる。

ちらりと見れば、白いブラウスのボタンの隙間から、薄いベージュのブラジャーと肌色の豊かなふくらみが覗けた。

（ブ、ブラチラっ。冴子課長のブラチラっ！）

刺激的すぎた。

しかも、甘くて濃厚ないい匂いがする。

さらさらのストレートボブヘアが、首筋をさらりと撫でるのもたまらない。

ふたりきりの深夜のオフィス。

こんなに近づいて、しかも胸の谷間とブラジャーが見えている。

思わず生唾を飲み込んだときだった。

「……うん、いいじゃないの、金額もそんな感じだし、項目も見やすいわ」

冴子課長が笑みを見せた。

いきなり褒められたので、彰人は戸惑ってしまった。

というよりも、笑顔の冴子課長は意外に可愛らしいので、ちょっとときめいた。

「い、いいんですか？」

へんな訊き方をしたら、冴子課長が苦笑した。

「なあに？　もっと怒って欲しいのかしら」

「そ、そんなことありません。まさか褒められるなんて思ってなくて」

正直に言うと、冴子はポンポンと肩を叩いてきた。

「一生懸命やって、うまくできたら褒めるわよ。わかった？」

「は、はい」

怒られてばかりの鬼上司にそんなことを言われたら、当たり前だが、うれしくなるに決まっている。

「ねえ、お中元でビールがきたの、まだ残ってたわよね」

「えっ……確かまだあると思いますけど……」

「持ってきて。企画書ができたから、一本だけ乾杯しましょうよ。それとも私と一緒はいやだから早く帰りたい？」

鬼上司の珍しい提案に、彰人は驚いた。

「まだ終電まで時間ありますから……でも、いいんですか？」

「たまにはいいじゃない。ふたりだけなんだし……」

ふたりだけなんだし……。

刺激的な言葉が耳に残り、彰人はすぐさま給湯室の冷蔵庫に行って、缶ビールを二本持ってきて戻ってきた。

「あ、あの、どうぞ」

缶ビールを冴子のデスクに置くと、

「ありがと」

と言って、彼女はプルトップを開け、

「明日はプレゼンだから頑張りましょうね」

と、缶ビールを軽く合わせてから、ごくごくと喉を鳴らして豪快にビールを呷《あお》っていく。

白い喉が、こくこくと動く様がエロいなあ……と見ていると、

「なあに？　私の顔、何かついてる？」

と、冴子が眼鏡をくいっと人差し指で上げながら、訊いてきた。

「い、いえ……その……課長、ビールを美味《おい》しそうに飲むなあって」

「だって美味しいもの」

「へえ。家で旦那さんとも飲むんですか？」

さらりと訊いたつもりだったが、なぜか冴子は顔を曇らせる。

「まあ、そうね……」

何か言いたそうだけど、冴子は何も言わなかった。

（なんだろ……家のことは言いたくないのかな？）

そういえば、冴子のプライベートの話はほとんど聞いたことがない。

結婚して長い、とは聞いているが、それくらいである。

「キミは？　恋人と飲んでいるの？」

突然、突っ込んできた質問を受けて彰人は軽く噎《む》せてしまう。

「んぐ……ひ、ひとりで飲んでます。僕、彼女とかいないですから」

「いないんだ。ふーん。ねえ、もう一本持ってきて」

もう空いたのかと驚きつつ、彰人は二本目のビールを持ってきて手渡す。

一本目と同じようにプルトップを豪快に開けると、んぐっ、んぐっ、と喉を鳴らして一気に二本目のビールを呷ってから、また訊いてきた。

「ねえ、キミ……結婚したいとか思わないの？」

なんだか今日は、やけにいろいろ訊かれるなと思いつつ、

「いや、まだ……そういう気持ちはないですかね」

「女の人に興味がないとか、そういうことはないわよね」

「あ、ありますよ、もちろん」

慌てて言い返すと、冴子課長は目を細めてきた。

「そうよねえ。私みたいなおばさんにも興奮しちゃうみたいだしね。へんなとこ見てるし」

「ぶっ……」

ビールを噴きそうになってしまった。

「いや、その……あれですっ、その……」

焦っていると、冴子がクスッと笑った。

(あれ？　怒らないのか？)

珍しいなと思っていたら、彼女の頬が赤くなって、眼鏡の奥の目がとろんとして、潤んでいるのに気がついた。

（まだビール二本なのに……？　酔ってるよな、これ）

白いブラウスの胸元のボタンが、いつの間にか二つ目も開いていて、美しいデコルテが、ほんのりピンク色に染まっている。

冴子が肩までのボブヘアを軽く指で掻《か》きあげる。

色っぽい仕草だ。

ドキッとしてしまう。

「ウフフッ。まだ二十代だものねえ。彼女もいないいんじゃや、怖いおばさん上司でも、見ちゃうわよねえ」

イタズラっぽい笑みを見せる冴子課長に、いつもの怖い雰囲気はない。

どうしたんだろうと思いながら、彰人は答える。

「おばさんなんて……そんなことないです。その……冴子課長は、その……」

「いいわよ、別に。私なんか若い男の子に興味なんか持たれないから。それよりも会社にも可愛い子いっぱいいるけど、付き合ったりしないの？」

「僕なんか相手にされないですよ。だって僕……」

そこまで話して口をつぐむと、冴子が首をかしげた。

「なあに？　ちゃんと話しなさいよ」

「い、いや……あの……ひ、ひとりだけなんで……」

「何？　ひとりだけって？」

冴子課長は「あっ」という顔をした。

「もしかして……その……女の人との経験がないってこと？」

ずばり言われて、頷いた。

顔だけじゃない。

耳も首筋も全部熱い。

(やば……なんで冴子課長に、こんなことを言っちゃったんだろ)

呆れられるか笑われるか、それとも怒られるのか。

ところがだ。

冴子は、できの悪い弟を見るような母性的な目で見つめてきた。

「なるほどねえ。経験がないから奥手だと……うーん、それってキミの営業の姿勢にも関わってるわねえ、押しが弱くて消極的だし」

冴子課長は何かを考えているようだった。

ふいに見れば、タイトスカートがさらにズレあがっていた。

先ほどは太ももが半ばぐらいまで見えていた。

しかし、今はかなりきわどいところまでスカートの裾《すそ》がまくれ、付け根部分まで覗けている。

光沢のあるパンティストッキングに包まれたムッチリした太ももが、三十五歳の女盛りの人妻の色香を、ムンムンと醸し出していた。

(み、見えそう……)

スカートがもう少し短かったら、パンティが見えていただろう。身体が熱くなってくる。

「ねえ、石田クン」

彼女が椅子を動かして近づいてきた。

膝と膝が当たる距離である。胸が揺れて、甘い匂いが漂う。

冴子が目を細める。

眼鏡の奥の、切れ長の目が色っぽい。

心臓が痛い。

ドキドキしながら、ちらりと時計を見る。十二時近くになっていた。

「あ、課長、まずいです……終電が……」

冴子も赤ら顔で時計を見る。

だが、冴子も終電のはずなのに焦った顔を見せなかった。

（こりゃ、けっこう酔ってるな。冴子課長、意外とお酒に弱いのか……）

もっと一緒にいたかったが、終電逃しはまずい。タクシー代など出ないからだ。

「課長、缶を捨ててきますよ」

そう言って手を差し出す。

しかし冴子は缶ビールを握ったまま、うつむいている。

（ホントにどうしたんだろう。なんか今日の冴子課長、おかしいよな）

そう思っていたら、冴子はうつむいたまま、

「……りたくない……」

小声でぼそっとつぶやいた。

「え？　あの……？」

聞こえなかったから、身体を曲げて冴子に耳を近づけると。

「……今夜は、帰りたくないの……」

今度は、はっきり聞こえた。

（カエリタクナイ？　は？）

冴子が顔を上げる。

いつもの凜《りん》とした表情ではなく、恥ずかしそうに顔を強張らせている。

「か、課長、帰りたくないって……あの……」

驚きとともに、軽くパニックになった。

いろいろ考えてしまう。

（帰りたくないって、それ……僕と一緒にいたいのか？）

いや、違うだろう。

冷静になって考え直せば、冴子課長には単純に、家に帰りたくない理由があるに違いなかった。

「あ、あの、あの……課長……どうしたんですか？」

彼女の手が、ふいに彰人の太ももに置かれた。

ビクッとして慌てふためいてしまう。

「か、課長……？」

「ねえ……可愛らしく迫るのって、どうすればいいのよ？」

「は？」

冴子課長は身を乗り出してきた。

（う、うわっ……）

彰人の両膝のあわいに、冴子の膝が入ってきた。

スーツのスラックス越しに、冴子課長のパンストに包まれた、すらりとした美脚の感触が伝わってきた。

目の前に女優ばりの美貌と、ブラウス越しの揺れるおっぱいがある。

眼鏡の美貌をさらに近づけられた。

「私が可愛い女じゃないのはわかってる。だけど、それでも『可愛げがないし、興味がない』ってのは、ひどすぎると思わない？」

「は？　そんなことを、誰が……」

「旦那よ。結婚して六年だけど……まだ六年よ。もうっ……」

彼女がハアとため息をつく。

彰人は啞然とした。

冴子へのイメージからして、家庭でも完璧な主婦をこなして、充実した夫婦生活を送っていると勝手に思っていたので驚いてしまう。

太ももにあった冴子の手が、彰人の股間に伸びてきて、椅子から転げ落ちそうになるほどビクッとしてしまった。

「か、課長……」

「ねえ……教えて。可愛らしく迫るってどうするのよ。実践してみせるから……」

股間に手が置かれたままだ。

彰人は息を呑む。

（ゆ、誘惑されてるのか？）

戸惑っていると、冴子課長は真顔で言った。

「私ね、こんな風に愚痴を言うの、キミが初めてなの。誰にも弱みを見せたくなかったけど……私だって寂しいときだってあるの」

スラックス越しのふくらみを、しなやかな指で、すりっ、すりっ、と撫でられれば、

「うっ……くっ……」

ズキズキした肉竿の脈動が、全身に広がる。

「ウフフッ、すごいカチコチ……これって、私を見てこうなったのよね」

すっと耳元に顔を寄せられ、小声でささやかれる。

全身がカアッと熱くなる。

「いやらしい子。ねえ、ずっと……ここを大きくしてたわよね。残業中で、しかも私に怒られてるのに。スカートの中もじっと見てたし……私のパンティが見たいの？」

信じられない言動だった。

冴子の首筋が真っ赤になっている。酔うとこんな風になるのか……？

「ま、まずいです。あの、一応……上司と部下で、そんな……」

「今日だけ。帰りたくないの……ねえ……お願い」

冴子の手の動きが、まるで彰人の分身の硬さや太さを測るような、いやらしいものに変わっていく。

（エッチする……冴子課長と……自分が……）

信じられない。

憧れていた人妻上司に、まさかの甘美な誘いを受け、パニックになりつつも、アソコはもう残業ＯＫって感じで硬くなっていた。

3

冴子課長がスラックスの上から、いきり勃《だ》ちをキュッとつかんできた。

「うぐっ……！」

彰人は思わず腰を引く。

快楽の電流が背筋を走り、ペニスの芯がジーンと疼く。

いつも仕事をしているオフィスである。

日常的な場所で、いつもの上司にエッチなことをされている。

夢のようだ。まるで高熱に犯されているように、ふわふわする。

「ねえ……石田クン。どんな風にしてほしいの？　言ってごらんなさい」

いつもは厳しく言われる質問攻めも、甘ったるく媚びた雰囲気の中で言われると、とんでもなくエッチだ。

「さ、触って……じ、直《じか》に触ってください」

「ウフッ。いいわよ」

冴子課長は椅子に座る彰人の足下にしゃがむと、ファスナーをチーッと下ろしてベルトを外してくる。

さらにスラックスとパンツに手をかけ、ずるっと下げてくる。

すると勃起しきった男根が、バネみたいに弾けて現れる。

怒ったように静脈を浮かせて臍《へそ》までそりかえるような勃ちっぷりだ。

深夜とはいえ仕事場で……しかも上司の冴子に昂《たか》ぶったナマ性器を見られて気恥ずかしさが募ってくる。

「あん、すごいわ……ホントにいけない子……残業中に上司をエッチな目で見て、オチンチンを大きくさせるなんて」

凛としたクールビューティが、さらさらのボブヘアを掻きあげながら、ペニスの根元に指をからめてくる。

「あっ！　ああ、さ、冴子課長っ……」

びっくりして思わず「冴子課長」と呼んでしまった。

切れ長の目がじっと彰人を見入ってくる。

「ウフフ。石田クン、私のこと陰ではそんな風に名前で呼んでたの？　いいわ。今日だけはそう呼んでも。それで？　これから私にどうして欲しいの？」

根元をこすられると、一気に甘い陶酔がペニスの芯に宿ってくる。

「くうう……ああ、冴子課長の……お、おっぱいっ……」

「ん？　なあに？」

眼鏡の奥の妖艶《ようえん》な目で凝視される。ドキドキしながらも欲望を口にする。

「おっぱい……み、見たいですっ」

怒られるかと思ったが、今の冴子課長はもうエロい雰囲気でムンムンだ。

赤くなりながらも、目を細めて妖《あや》しげな視線を向けてくる。

「私の胸元、ずっと見ていたものね。でも、がっかりしないでね。私もう三十五なんだから。若いときのような身体じゃないわ。おばさんだし」

「おばさんなんて……さ、冴子課長はセクシーですっ。同僚たちと、いつもいいよなあって噂してるんですから」

「ウフッ。私に怒られてばかりなのに？」

「怒られてても、ですっ……たまに短めのスカートなんか穿いてきたときとか、みんな夢中になって冴子課長の太ももとかスカートに浮き出るお尻のラインとか、じっくり見て脳裏に焼きつけて……」

興奮しすぎて、余計なことを早口で言ってしまった。

冴子課長のシゴく手が、少し緩んだ。

「やだっ……胸元はわかってたけど、私のお尻や太ももまで？　ねえ、それで、私のお尻とか脳裏に焼きつけてどうするのかしら？」

冴子はやはり怒らなかった。

それどころか、イタズラっぽく笑っている。

「や、焼きつけて……その先は、その……」

「いいから言いなさい」

冴子課長がぴしゃり言う。

「冴子課長の裸を想像したり……こういう風にオフィスでふたりっきりになったときに無理矢理襲ったり……いろんな妄想して……オナニーに使ってました」

具体的に言ったら、冴子が目を泳がせてしまった。

「やだ……もう……」

恥じらいつつも、冴子は欲情しているように見える。

輪っかをつくった指が、勃起の表皮をさらに激しくシゴいてきた。

「ウフフっ……エッチね……じゃあ、しっかり目に焼きつけなさい」

冴子は淫靡に笑うと、器用に左手だけを使い、自らのブラウスのボタンを外していく。

ぷちっ……ぷちっ……と、目の前で、白いブラウスのボタンがふたつほど外されていき、ベージュのブラジャーに包まれた巨大な乳房がチラッと見えた。

彰人は両目をこれでもかと見開いた。

「ウフフッ、目が血走ってるわよ……こんなおばさんのでいいのかしら」

「い、いいに決まってます。ああ、冴子課長のおっぱいを見ながら、手コキしてもらえるなんて」

感動に打ち震えていると、足下にしゃがんだ冴子課長がいっそう妖しげな視線を眼鏡の奥から向けてくる。

「それで？　ウフフ……おっぱい見せて、ここからどうやって誘惑すると、興奮するのかしら」

言いながら、カリ首を指でこすられた。

「うぐ……そんなこと……い、言えないです。恥ずかしいし、きっと怒られます」

「ああん……じゃあ私に言わせたいの？　ほら、早く言ってごらんなさい」

甘ったるく言われ、興奮しすぎて脳がとろけそうだ。

「その……わ、私のこと、す、好きなことしていいわよ、とか……」

欲望を伝えると、冴子課長は唇を彰人の耳に寄せてきて、ハアハアという色っぽい息づかいを聞かせてくる。

「エッチな台詞《せりふ》ね……ウフフッ……いいわ。石田クン。冴子の身体、好きにしていいわよ……ウフッ……」

ささやき声とともに、耳の奥で冴子の唾がからまる音がした。

ゾクゾクとした痺れがさらに股間を充足させていく。

ガマン汁がちょろりと出て冴子課長の手を汚す。

「ああ、す、すみません」

「あやまらなくていいのよ。すごく興奮してるのね」

「し、しますよ。まさか、冴子課長とこんな風になるなんて……夢みたいで」

「ウフフッ。もっとカチカチになってきたわ……すごいのね」

「くぅぅ……ああっ……」

冴子課長の指が、先走りの透明な粘液をぬるぬると亀頭部にこすりつけ、ねちゃねちゃと、ねばつく音を奏《かな》でていく。

「ああっ！　さ、冴子課長っ、なんてエッチなこと……」

「だって……こういうエッチなことも、されると気持ちいいんでしょう？」

彰人はヨダレを垂らしたまま、こくこくと頷いた。

「ああ、可愛らしく迫るやり方を教えてなんて……じゅ、十分すぎるほどエッチじゃないですか……」

ハアハアと息を弾ませながら、彰人がせつなく言う。

冴子の美貌はもう目の前だ。

「ウフフ……もっとよ、もっとエッチに迫りたいの……私、完璧な女なんて思われているみたいだけど、甘えたいときだってあるんだから」

セクシーな赤い唇が近づいてきた。

あっ、と思ったときには唇を奪われていた。

(えええっ……キ、キス！　ウソっ、冴子課長とキスしてる……ッ)

柔らかい唇の感触とともに、彼女の熱い吐息を感じる。

(キスまでしちゃった。い、いいのか？　もう引き返せないぞ……)

もうこれで浮気は確定だ。

会社の上司であり、人の妻でもある。

罪悪感が湧いてくる。

だが、冴子課長が舌をからめてきて、いやらしいディープキスを始めると、もうそんなこともどうでもよくなってくる。

「んふうんっ……ううんっ……」

鼻息を弾ませ、濃厚なキスにふける冴子課長が欲しくてたまらなかった。

彼女は激しく舌を動かして、彰人の口中を舌で犯してくる。

(ああ、冴子課長の唾液っ……すげえ甘いっ……)

濃厚だった。

彰人も冴子の舌をしゃぶりまわせば淫らな気持ちがグーンと高まって、ふたりの間の空気がより淫靡に変わっていく。

息苦しくなって、彰人から唇を離した。

「ああ……た、たまりません……冴子課長とキスしながら、チンチンをいじってもらうなんて……夢みたいで、あうう、頭も、チ、チンポもとろけそう……」

冴子課長は妖艶に笑うと、また耳元に唇を近づけてくる。

「やだっ……いやらしいこと言って……ウフフ。いいわよ……ガマンしないで……とろけていいのよ……石田クンの気持ち良くなるところ、私に見せて……」

冴子は勃起をシゴきながら、さらに自分のブラウスのボタンを外していく。

白いブラウスの前が、すべてはだけられた。

乳白色の上半身に身につけているのは、ベージュのブラジャーだけだ。

（うわっ、うわわわっ……デ、デカいっ）

おっぱいそのものもすごい。

だが、それ以上にブラカップの大きさに目を見張る。

デザインも色も地味な、普段使いのおばさんじみた下着だ。それが逆に、ゴージャスな美人の冴子とのギャップでいやらしすぎる。

（ああ、すごいおっぱい……なんてプロポーションだ……）

あまりに強烈すぎた、美人課長のセミヌードだった。刺激的すぎて見ているだけで一気に射精したい気持ちが昂ぶり、爪先が震えた。

「うっ……くうう……だ、だめですっ……ああ、出るっ……さ、冴子課長ッ」

再び耳元で、冴子にねっとりささやかれる。

「ウフンッ……いいよ……出して。白いのいっぱい出して……石田クン、きもちよくなって。残業のご褒美よ……」

もう辛抱できなかった。

「くっ……ああ……」

一気に頭の中が真っ白になる。

尿道口から、ねばっこい白い樹液が噴き出した。

「あんっ……熱いっ」

男根を握ったままの冴子の手や腕に彰人のザーメンがかかり、とろーりと垂れていく。

ベージュのブラジャーや、乳白色のデコルテまでも精液で汚してしまった。

「あっ……ご、ごめんなさいっ」

椅子に座ったまま謝ると、しゃがんだまま、冴子は上目遣いに見入ってくる。

その瞳が、うるうると潤んでいる。

「すごいいっぱい出したのね……ウフフ。気持ちよかったようね」

冴子課長が満足そうに微笑んだ。

次の瞬間。

萎《な》えつつある彰人のペニスを握ったまま、冴子は股間に美貌を近づけて、ザーメンまみれのチンポを咥《くわ》えてきたので、射精で萎えていた性欲が、一気にマックスになって、パニックになった。

4

「……さ、冴子課長ッ！」

萎えかかった分身が、一気にぬかるみに包まれた。

椅子に座ったまま下腹部を見る。

冴子課長が開いた脚の間にしゃがみ、自分のペニスを咥えているのがはっきりと見える。

（さ、冴子課長から、フェラチオされてるっ！）

衝撃だった。

いや、衝撃過ぎた。

洗ってないだけでなく、臭い精液の残っているペニスを、凜とした美しい人妻上司が口中に入れておしゃぶりしてきたのだ。

「く、くううっ……」

チンポがとろけそうな快感に、彰人は座ったままのけぞった。

あまりに気持ちよくて、そのまま椅子からずり落ちそうになるのを、必死に踏ん張って堪えていた。

それほどまでに鮮烈な刺激だった。

(こ、腰に力が入らない……すげえ……やっぱ人妻だ。普通に咥えてくるんだなあ)

夢のようだった。

深夜のオフィスで、男子社員の憧れの女上司が咥えてきたのである。

「うふんっ……ううんっ……」

冴子課長はうっとりした顔で、悩ましい声を漏《も》らしつつ、じゅるるるっと、まるで精液を吸い出すようにおしゃぶりしている。

「あ、ああ……そんな汚いのにっ……」

うわずった声で言うと、冴子はいったんフェラをやめて見あげてきた。

「うふんっ、確かに石田クンの精液、すごいとろみね。苦くて青臭くて……でも美味しいわ」

「えっ」

美味しいと言われて驚いていると、冴子課長は再び咥え込んで、今度はさらに舌まで使ってきた。

「おおうっ！」

あったかい口の中で、裏筋やカリのくびれを柔らかい舌で刺激される。

一度出していなかったら、一瞬で射精していただろう。

それほど気持ちがよくて、彰人のイチモツは冴子の口の中で、瞬《また》く間に力を取り戻していく。

「むふんっ」

口中で急に肉竿の膨張を感じたのだろう。

冴子はちょっと苦しげに、眉間の縦ジワを深くしてから、また口から、ちゅるりとペニスを出した。

「やだっ……口の中でこんなに大きくして……出したばっかりなのに」

冴子課長の握る怒張は、ザーメンや彼女の唾液でぬらぬらだ。

「だ、だって……フェラチオが……これほど気持ちいいなんて思わなくて」

彰人の言葉に、冴子が目を細める。

「え？　初めてなの？」

「は、はい。その……前の彼女はしてくれなくて……潔癖症だったのかな」

正直に話すと、冴子は眼鏡の奥の目を細め、優しい笑みを見せてきた。

「潔癖かどうかなんてこと……舐《な》めてあげるのに関係ないと思うわ。相手のことが好きで気持ちよくさせてあげたいとか、そういう感覚なのよ」

「えっ、じゃあ……さ、冴子課長は、僕の……」

冴子課長は、僕のことが好きなのか？

僕のが欲しいのか？

戸惑っていると、冴子課長は何も言わずに再び亀頭を飲み込み、大きなおっぱいを揺らしながら、じゅぷっ、じゅぷっ、唾の音を立てて顔を打ち振ってくる。

「うっ……くっ……」

一気に昂ぶった。

これほど眼鏡の凜とした美人におしゃぶりされているという優越感。男性器を咥えている見た目のエロさ。そして温かい口内愛撫の気持ち良さ。

すべてが合わさり、早くも二度目の射精欲求がこみあげてきた。

「ああ……たまりませんっ……だめですっ……さ、冴子課長……」

震えながら訴える。

冴子は咥えながらニコッとした。

彰人が気持ちよさそうにしているのが、心底うれしいみたいだ。

(こんなにエッチな人妻が、旦那に興味ないなんて言われておあずけくらったら、そりゃあ、帰りたくないって言うよなあ……)

冴子はますます深く咥え込んできた。

しかもだ。

そのエッチな咥え顔を見せつけるように、上目遣いで見つめてくる。

(くううっ、眼鏡の似合う美人キャリアウーマンが、これほどのいやらしい表情をするなんて……ギャップがすさまじすぎるっ)

腰がガクガクと震えてきた。

冴子課長の手は、さらに睾丸をもて遊び、蟻《あり》の門渡《とわた》りにも指を這わせてくる。

「さ、冴子課長っ……待って！　で、出ちゃいますッ」

慌てて訴える。

だが冴子は、勃起を咥えながら顔を横に振り、

「むふんっ」

と、見あげて色っぽい視線を送ってくる。

（そ、それって……その眼鏡の奥の誘うような目は……まさか……く、口に出していいってこと……？）

どくんっ、どくんっ、と心臓が高鳴った。

冴子課長の口の中に、自分の欲望を吐き出すなんて……。

もちろんしてみたかった。だけど……。

それもいいけど、もう入れたかった。

冴子課長と、エッチしたくてたまらない。

「だ、だめですっ……」

名残惜しいが無理矢理に腰を引く。

冴子が口の端から唾液の細い糸を垂らしながら、とろけた目を向けてくる。

「いいのに。石田クンが出したいときに……出してよかったのよ……」

「で、でも……あの……違うんです。し、したいです。さ、冴子課長と……その……ひとつになりたくて」

汗まみれでハアハアと肩で息をしつつ、目の前の美人上司を舐めるようにガン見すれば、冴子課長は、欲情に孕《はら》んだ目つきを返してくる……。

「ウフフッ。私の中に入れたいのね……いいわ……」

冴子は彰人の目の前で立ちあがると、白いブラウスを肩から滑り落とし、上半身を露《あら》わにして、さらにタイトスカートのホックに手をかける。

スレンダーだと思っていたスタイルも、意外にムチムチだ。

三十五歳の人妻の、脂《あぶら》の乗ったエロいボディである。

抱き心地のよさそうな、柔らかそうな身体つきに、彰人は震えるほどに興奮した。

「あん……そんなに見ないでよ……若くないから体形が崩れてきてるのは、わかってるのよ」

冴子課長が恥ずかしそうに胸を隠す。

いつもの堂々とした雰囲気とはまるで違い、恥じらう様子に興奮する。

（ああ、まさか冴子課長とオフィスでヤレるなんてっ……）

冴子はまだグレーのタイトスカートに、黒のヒール高めのパンプスを履いている。

こっちも下はすっぽんぽんだが、上はワイシャツのまま。

禁断のオフィスラブらしくて昂ぶりが増す。

冴子は眼鏡の奥の目を潤ませつつ、スカートのホックを外そうとした。

「ま、待ってください」

彰人が慌てて言うと、冴子が訝《いぶか》しんだ顔をした。

「どうしたの？」

「あ、あの……僕に……その……」

「自分からいろいろしてみたいのね。ウフフ……ホントにキミ、経験は少ないみたいね、いいわよ」

冴子課長は自分のデスクのノートパソコンを脇にどけて、空いたスペースに腰を下ろした。

（いいんだ。冴子課長を抱けるんだっ）

夢中になって、いつも仕事をしているデスクの上で冴子課長を組敷いた。

冴子課長は眼鏡を外して欲しそうだったが、あえて外さない。

その方が、普段の冴子課長を抱いているという興奮を得られるからだ。

自然と手が魅力的なふくらみに寄せられる。

ブラ越しに、むにゅっ、むにゅっ、と揉みしだけば、冴子課長のおっぱいの弾力と柔らかさに、それだけでもう脳が沸騰するほど昂ぶった。

「ああ……さ、冴子課長……ッ」

うわずった声を漏らし、無理矢理に手を冴子の背中にまわして、苦労してブラのホックを外した。

とたんにブラジャーがくたっと緩み、見たこともないような巨大な乳房が、たゆんっ、とこぼれるように露わになる。

「あんっ……怖いわよ、目が……」

冴子課長は恥じらって、両手で隠そうとした。

もちろんそうはさせなかった。

強引に冴子の両手をつかみ、引き剝《は》がして押さえつけ、まじまじと眺める。

「やんっ……強引すぎっ……ねえ、ちょっと……」

冴子が身体をよじる。

その拍子に、ペン立てが倒れて、ボールペンが床に落ちた。

冴子課長の頭が、そなえつけの電話に当たり、受話器が外れた。

そんなことはどうでもいい。彰人はもう冴子の生乳にしか目に入らなかった。

グラビアに出てくるような巨乳だった。

わずかに垂れてはいるが、それでも下乳がしっかりと丸みを帯びていて、若々しい張りがまだ十分にある。

乳輪は大きく、色は薄茶色だ。

かなりくすんでいるが、人妻らしいエロスを感じた。

「ああ、すごいですっ。大きいっ」

鼻息を弾ませつつ、じっくり眺めた。

そして震える手でおずおずとつかみ、強弱をつけて圧迫する。

（う、うわっ……冴子課長のおっぱい……や、やわらけー……）

あったかくてもちもちして、指に力を入れると、どこまでも沈み込んで形を変えていく。

それでいて、乳肉のしなりが指を弾いてくる。

たまらない揉み心地だ。

もう夢中になって、指の隙間から乳首が押し出されるくらいに、やわやわと揉みしだくと、

「あっ……あっ……ンフッ……」

甘い吐息を漏らした冴子が、とろんとした目を向けてくる。

そのとろけた表情と、甘ったるい声に、ますます彰人は燃えた。

夢中になっておっぱいを揉みしだきながら、乳房に顔を寄せ、先端の突起にチュッと唇をつけてから、口に含んでチューッと吸いあげる。

「あっ……ううんっ……」

冴子課長が色っぽい声をあげて、顔をぐっとのけぞらせる。

（おっぱい吸われて、冴子課長が感じてる……）

乳頭に吸いつきながら、冴子を見あげた。

凛とした女上司が、今は眼鏡の奥の瞼《まぶた》を閉じ、眉をハの字にして震えている。

（すごいっ、これ……本気で感じてるんじゃないか……？）

経験が少ないから、人妻を感じさせるなんて無理だと思っていた。

しかし、予想以上に冴子課長は疼いていたのか、拙《つたな》い愛撫でも色っぽい反応を見せてくれて感動だ。

ならば、もっともっと感じさせてみたくなる。

冴子の乳首を口に含んで舌を上下左右に動かして舐めしゃぶり、さらに激しくチュッ、チュッと吸い立てれば、口中で乳首がシコってきたのがわかり、

「ンンッ……あっ……いやんっ……やあああァ……」

ついに冴子は両目をギュッと閉じ、くふんっ、と鼻から抜けるような甘ったるい声

を漏らして、腰をじれったそうにくねらせ始める。

(冴子課長が、こんなに可愛い声を出すなんてっ……いつもの落ち着いた声と全然違う。腰が動いてるのも、いやらしいっ)

興奮しつつ、さらにぺろぺろと乳首を舐めた。

汗とミルクっぽい甘い匂いが濃厚に漂い、甘ったるい女の匂いに濃い匂いが混ざって鼻先に届く。

女が発情してきた匂いだ。久しぶりに嗅ぐ匂いだった。

さらに乳首を強く、チューッと吸うと、薄茶色の乳首がピンピンして取れそうなほど硬くシコってきた。

セミロングのつや髪も乱れて、汗ばんだ頬に張りついている。

「あうっ、はうう……ああん、石田クン、それ……上手よ……ああんっ」

舐めながら表情を盗み見れば、冴子課長は眉を折り曲げ、先ほどよりもつらそうな今にも泣き出しそうな顔をしている。

(あのキリッとした冴子課長が、いやらしい顔をして……)

それにタイトスカートを穿いた下半身が、さらにじれったそうに動いてきた。

「ああんっ、ねえ……」

媚びを売るような甘え声で、見つめられる。

間違いない。

冴子課長が欲しがっている。

よし、と心の中でガッツポーズして、彰人はおっぱいを愛撫するのをやめて、身体をズリ下げて冴子課長の下半身に向かって移動した。

興奮しながら、震える手でタイトスカートをめくりあげる。

（おおおっ……！）

ナチュラルカラーのナイロンストッキングに包まれた下半身のムチムチぶりに、彰人は目を見張る。

太ももは肉感的でヒップは想像以上にパンパンだ。

ベージュのパンティの中心部がこんもりしており、生々しい匂いを発して男を淫らに誘ってくる。

（す、すげえ……）

無我夢中で、気がつくと冴子課長の股間に顔を埋めていた。

「ああ……冴子課長のパンティ……」

頭の中が沸騰して、卑猥な言葉を吐いてしまう。

それほどまでに魅惑的だった。

（ああ……課長のスカートの中……ムレムレだよっ……蒸れて、熱くて……パンティの上からでも、ツンとしたいやらしい匂いをさせているんだ）

あのスマートな美人課長が、こんな猥褻な匂いを股から発していたなんて。

もう明日からエッチな目でしか見られないなと確信しつつ、彰人は鼻先を柔らかな恥部に埋めて顔を左右に振りたくった。

「ちょっと……あああっ……や、やめて……ッ」

冴子が焦った顔を見せた。

鼻先が股間に押しつけられているのを見たようで、

「だめっ……か、嗅がないで……匂いなんてっ……嗅がないでッ」

それまで余裕だった冴子課長が、真っ赤になって狼狽《うろた》える。

それはそうだろう。

冴子課長の一日の汗や体臭がこびりついている股ぐらだ。

彼女の股間は、このぴっちりしたパンストとパンティに包まれて、ずっと蒸れに蒸れているのだ。嗅がれたくないに決まっている。

でも、だからこそ嗅ぎたくなるのだ。

「いい匂いですよ。たまりませんっ」

言いながら、さらに恥ずかしがらせたいと、思いきって両脚を開かせて鼻の頭で布地の上から魅惑のスリットをぐいぐいと撫でまわしてやる。

「い、いやんっ……そんなことしちゃ、いやっ……ッ……はあんっ」

冴子課長は羞恥に真っ赤になって軽く抵抗していたが、やがて快楽が勝ってきたのか、抗《あらが》いをやめてなすがままになる。

触って欲しいのならと、今度は指を使って冴子の股間をいじった。

すると、彼女の放つ女の匂いはますます濃厚になって、さらに湿ったような感触が伝わってきた。

見れば、透過性の強いパンストを通して、ベージュのパンティの一部にシミが浮きあがってきている。

(あっ、これ……愛液のシミだ！　冴子課長がシミになるほど濡らしてる！)

息が止まりそうになった。

目を丸くして、浮き立つ舟形のシミを視姦していると、

「ああん……ねえ……ねえ……い、石田クン……ぬ、脱がして……早く……ストッキング、破ってもいいからァ」

「ええっ？」

冴子課長が、ハアハアと息を弾ませながらせがんでくる。

（パ、パンストを破ってもいいなんてっ！）

これぞ禁断のオフィスラブ。

性急なセックスを盛りあげる演出としては、最高ではないか。

「い、いいんですね……や、破りますよ」

股間のあたりの生地をつまんで、冴子を見る。

切れ長の瞳が潤んでいた。

（無理矢理に犯すみたいなパンスト破り……い、いくぞ……）

彰人は縦に走るパンストのシームに爪を立て、わずかな破れ目の中を指を入れて、力任せに左右に引っ張ると、
ピリリッ……

と、ナイロンがほつれる音とともに、破れ目が楕円状に広がっていき、開口部からベージュのパンティに包まれた女の恥ずかしい部分が丸見えになる。

「あぁっ……やんっ……」

冴子が紅潮した顔を横にそむける。

だが、恥じらいとは裏腹に、脚を閉じるようなことはしなかった。

(す、すごすぎるっ！)

パンティの基底部は、女性器の縦溝の形を浮き立たせるように、ぴっちり食い込んでいた。

それだけではない。

クロッチの脇からは恥毛が何本かハミ出していた。

いつもカチッとした雰囲気の冴子課長の恥部を見たようで、うれしくなる。

もういてもたってもいられなくなってきた。

彰人は冴子のパンティに手をかけて、破れたパンストとともに脱がしていく。

「ああんっ」

冴子が恥じらいの声をあげる。

無理もない。下も全部すっぽんぽん。つまりデスクの上の冴子課長は生まれたままの姿でムッチリした身体をさらけ出し、身につけているのは眼鏡だという、ひどく恥ずかしい格好にさせてのだ。

「キ、キレイですっ……キレイですよ、冴子課長」

「ああんっ、そんなに舐めまわすように裸を見ないでちょうだいっ」

見ないでと言われたら、もっと見たいに決まっている。

「だって、見たくてたまらないんですっ」

強引に膝をつかんで左右に脚を開かせると、

「う、わ……」

思わず声が出てしまった。

黒々とした陰毛の下に、にわとりの鶏冠《とさか》のような、くにゃくにゃした大きな肉ビラがあって、その肉ビラの狭間《はざま》には濃いピンクの襞《ひだ》が重なっている。

中身はしっとり濡れていた。

そして、薄桃色の襞はひくひくうごめき、匂い立つ蜜をしたたらせている。

ムッとするような淫らな熱気と匂い、そしていやらしい女の形状に、彰人は猛烈に昂ぶった。

「ああっ、さ、冴子課長……いやらしいですっ、もう、もう……あの……」

慌てて自分の勃起の根元をギュッとつかんだ。

恥ずかしいが、冴子課長のおまんこを見ただけで、射精しそうになったのだ。

彰人の様子を見た冴子が、イヤイヤと首を振る。

「やだもう……そんなに目を血走らせて……私の中に挿《い》れたいのね……」

「は、はいっ！」

「いい返事。くすっ。仕事のときとは大違いね」

バツが悪くなって頭を掻くも、しかし仕事のことを言われて、改めて会社の上司である冴子課長とセックスするんだという禁忌の気持ちが強くなる。

「し、仕事も頑張りますっ……だから……」

勢いよく言って、硬くなった切っ先をいよいよ恥部に近づける。

彼女はわずかに、うしろめたそうな顔をした。

「ああん……石田クンと私……しちゃうのね……でも、明日から……オフィスでは普段通りだからね……」

冴子課長は唇の前に人差し指を立て、恥ずかしがりながらも、可愛らしくウインクした。

そしてキュッと勃起をつかんで、狭い入り口に導いてくれる。

「これは私と石田クンだけの秘密……ね……」

甘えるように言われて、ますます燃えた。

深夜のオフィス。

三十五歳のクールビューティな人妻上司が、デスクの上で脚を開いて、受け入れ体制を取っている。

全身が震えた。

夢見心地だ。もう死んでもいい。

（い、いくぞ……冴子課長の中に入れるぞ……）

切っ先を濡れそぼるワレ目に押しつける。

すると、冴子課長の花ビラが左右に広がり、小さな穴の感触があった。

ここだ、と、ぐぐっと力を入れて腰を押しつけると、小さな姫口が押し広げられて亀頭部が冴子課長の胎内に嵌《は》まり込んでいく。

「あんっ……！」

深く入れると、冴子が顔を跳ねあげた。

「んんっ……石田クン……お、おおきっ……ああん、いやっ……」

感じた顔を部下に見られるのが恥ずかしいのか、冴子課長はチラッと彰人を見てから、つらそうに顔を横に向ける。

だが息を詰めて、彰人がさらに奥まで挿入すると、

「あああっ……あああぁッ……」

冴子課長は悲鳴をあげ、眉根を寄せてせつなげな表情をした。

半開きになった唇が、まるで挿入の快楽を噛《か》みしめているようで、色っぽくてたまらない。

（くううっ、すげえ……）

もちろん彰人にも余裕はなかった。

熱く濡れた肉の襞が、ペニスにからみついて、ギュッと包み込んできたからだ。

（これが冴子課長のおまんこ……ぐちゅぐちゅして……柔らかくて、それでいてだきしめるようにペニスを締めつけてくる。すごいっ。あったかいし、さ、最高に気持ちいいっ！）

感触も最高だが、冴子課長の色っぽい表情もたまらない。

あのクールな美人が、男に貫かれて感じている。

自分のペニスで感じてくれている。

男根の根元までが冴子の中に埋められた瞬間、冴子課長と立場が逆転したことを感じた。

どんなに強いメスも、オスに挿入されてはひとたまりもないのだ。

（僕が……冴子課長を犯している！　征服しているっ）

腰を動かすだけで彼女は、

「あっ……あっ……」

と、甘くとろけた声を発して腰を揺らす。

巨大な乳房が無防備に揺れるのもかまわず、冴子課長はヨダレを垂らさんばかりに男根に翻弄《ほんろう》されて、とろけきっている。

彰人は本能的に腰を使った。

もうどこを突けば気持ち良くできるのか……なんて、そんなことは考えられない。

ばすっ、ばすっ、と乱暴に突けば、

「ああんっ……いやッ……！」

彼女は恥じらいつつも、腰を動かしてきた。

どうやら乱暴にされるのがいいらしい。

ならば、と、ずん、ずんっと、さらに突き込んでやる。陰毛と陰毛がからみ合うほど深く、強く突きまくる。

すると。

彼女の声質と表情が変わってきた。

「ああっ……奥まで……ああんっ……奥まできてるっ、当たってるッ」

甲高い声が出てきて、さらには冴子課長の眼鏡の奥の目がうつろになっていた。

まるで感極まったような、セクシーな表情だった。

しかもだ。

冴子課長の腰が、くなっ、くなっ、と激しくグラインドを始めた。

《もっと突いてッ》

と、言わんばかりの、しゃくりあげてくるような淫らな腰遣いだった。

「ああ……冴子課長……ッ……最高のおまんこですっ……」

「ああんっ……わ、私も……いいっ……いいわっ……！」

冴子課長が下から両手を差し出し、ギュッとしてきたので彰人はしびれた。

(課長がギュッとしてって……可愛いっ)

豊満な生乳の弾力を、シャツ越しに感じる。

とろけた美貌に甘い吐息、生々しい体臭やセックスの匂いもすべてを感じて、彰人は燃えた。

「はうんっ……ねえ……石田クンは？　いい？　気持ちいい？」

首にしがみついてきて、冴子はねっとり甘えた声を放つ。

彰人は汗まみれのまま、こくこく頷いた。

「さ、最高ですっ……こんなの……ああ、もう……」

切羽詰まった声を出すと、冴子課長は汗ばんだ顔で優しく微笑んだ。

「いいわよ、好きなときに出して……気持ちいいなら……」

そう言うと、冴子課長からキスをしかけてくる。

「むふん、ううんっ……んんっ……」

悩ましい鼻声を漏らしつつ、舌をからめて激しい口づけに興じる。

(ああ、キスしながら冴子課長とつながってる。だめだ、もうだめだッ)

腰が止まらなくなっていた。

がむしゃらに正常位で突きまくれば、

「あっ……ああんっ……」

冴子がキスもできなくなった様子で、唇を外して華《はな》やいだ声を放つ。

感じさせていることがうれしかった。

尿道に熱いものが溜まっているのを感じつつも、一切の躊躇《ちゅうちょ》などなく奥を穿《うが》つ。

すると、ますます冴子課長は乱れてきて、

「ああんっ……わ、私……イッちゃいそうっ……ねえ、イキそうよ……私、イッチャいそうなの。イッていい？」

冴子課長は泣き顔を見せてから、さらにギュッとしがみついてきて震えた。

その刹那《せつな》だ。

「あぁっ！　イクッ……イッちゃぅぅぅ！　ハアアアッ！」

深夜のオフィスに響き渡るほどの声を放ち、冴子はビクッ、ビクッと腰を跳ねあげた。

膣襞が、信じられないくらい強く彰人のペニスを抱きしめてきた。

そんなに締められたら、辛抱できない。

「ああ、そんなにしたら……出るッ……出ちゃいますッ」

もう最後は本能で突いた。

連続して突きあげたときに、切っ先が熱くなって冴子の中で爆発した。

「くうううっ……」

彰人は伸びあがり、全身を震わせる。

どくっ、どくっ、と、切っ先から大量の精液が放たれて、冴子課長の奥に注ぎ込まれていく。

（き、気持ちよすぎっ……腰に力が入らない……こんな射精初めてだ……）

目の前が真っ白だ。

脚にも手にも力が入らない。

全身が痺れるほどの心地よさに包まれている。

「あんっ……いっぱい……熱いのが……中に……ああんっ……気持ちいいっ」

冴子がまたギュッと抱きしめてきた。

(ああ……冴子課長の中に中出しッ……僕の精液を注いじゃってるんだ……)

夢のような時間だった。

ふたりで深夜のオフィスのデスクの上で抱き合いながら、彰人は今までに感じたことのない恍惚《こうこつ》を味わってしまったのだった。

第二章　新幹線で隣り合った人妻

1

男というのは、単純なものである。

オフィスに行くのがあれほどうんざりだったのに、毎朝、ちょっとだけ胸をときめかせるようになった。

「石田クン、ちょっと来なさい」

パソコンのキーボードを叩いていると、隣席にいる冴子に呼ばれた。

以前はげんなりしていたのに、今はもうウキウキだ。

左横に座る同僚が「お気の毒」という顔で半笑いを見せてきたので、満面の笑みで返したら気持ち悪がられた。

彰人はスキップしそうな勢いで、冴子の前に立つ。

彼女はいつもと変わらぬ厳しい顔を見せ、眼鏡の奥の切れ長の目で睨んでくる。

「ここ、間違えてるわよ。見直ししなかったでしょう」

提出した書類を突き返され、厳しい口調で叱咤《しった》されても、どうにも身が引き締まらない。

「すみません」

一応謝るものの、以前のように嫌な気持ちにはならない。

むしろ《もっと叱って欲しい》という心境である。

「ここなんだけどね、あの……」

冴子課長が書類を指差して、間違いを指摘する。

今日の冴子課長は、黒のタイトスーツである。

インナーは白のブラウスで、珍しくスーツの前を開けているから、インナー越しの巨乳が揺れているのがはっきりわかる。

(柔らかかったよなあ……冴子課長のこのおっぱい……)

以前から性的な目で見ていたものの、生乳を拝んでしまってからというもの、妄想ではなくリアルな胸の形を脳裏に描いてしまう。

一度思い出したら、もうだめだった。

《い、石田クン……ぬ、脱がして……早く》

《んんっ……お、おおきっ……ああん、いやっ……》

《もうイッちゃぅぅ……イッちゃいそうっ……ねえ、イキそうよ……私、イッチャい
そうなの。イッていい？》

冴子課長の凜とした顔を見ながら、三日前の甘える様子を思い出す。

彼女はセックスのときは甘えたがりだ。

知っているのは社内で自分だけ。

優越感が半端《はんぱ》ない。

（こんな美人と、ホントにしたんだよな……しかも中出しまで……いまだに夢心地だ
よ……）

あのとき……一度目のセックスが終わった後に、警備員が巡回に来なかったら、二
度、三度、続けて冴子課長を抱きまくって、すみからすみまで女体を楽しんだはずで
ある。

（くっそーッ……一発で終わりなんて……）

ただ、その一回だけでも濃厚だった。

三日経っても冴子課長の体臭や、おまんこの匂いが漂ってくる気がする。あれから何度、思い出しオナニーをしたことか……。

「石田クン、ここっ！」

冴子課長がジロッと睨んできた。

今までだったら、

《ひいっ》

と悲鳴をあげて震えあがっただろうが、今は違う。

「すみません、失礼しました。ちょっと考え事していて……この前の夜のこと……」

含みを持たせて言うと、冴子課長は虚を突かれたらしく真っ赤な顔をして、

「そ、そういうのはいいから……ち、ちゃんと聞いてなさいッ」

と、お説教を続けるものの、目の下が赤くなったのを彰人は見逃さなかった。

冴子課長はメモ帳に何かを書いて、ぐるりとまわりを見てから、彰人の目の前に差し出してきた。

《仕事中は、ちゃんと仕事に集中しなさい》

と、書いてあったので、彰人は裏返して課長のボールペンで文字を書き、そのまま課長に突き返した。

《では、仕事の時間以外では、冴子課長を意識します。いつでも残業を言いつけてくださいね》

その書いたメモを見て、冴子はわずかに眉をひそめたものの、恥ずかしそうに瞳を濡らして小さく頷いた。

（おお、一度だけじゃないんだっ。いいんだ……）

仕事が楽しくなってきたのは、初めてのことだった。

2

一週間後のことだ。

彰人は大阪出張から帰る新幹線に乗り込んで、停車中の車内の窓から、ぼうっとホームを眺めていた。

夜の九時を過ぎている。

東京に着くのは十一時半ぐらいか。

夕食を食べる暇がなかったので、ホームの売店で買ったおにぎりとお茶を取り出してから、冴子課長と来たかったなあとぼんやり考えていた。

《この秋、最良の出会いあり。隣人に積極的にいけば幸あり》

あのおみくじは大正解だった。

(おっ……)

ふいに、窓の外に慌てて歩いてくるひとりの女性の姿が目にとまり、彰人はなんとなく彼女を目で追った。

遠目からでも、なんとなく美人とわかる。

ピンクのVネックのニットとチェック柄のミニスカート、黒のブーツが大人っぽくて、セクシーな雰囲気と上品さを兼ね備えていた。

整った顔立ちで、その顔に片側に流したウェーブヘアがふんわりとかかり、それを搔きあげる仕草がドキッとするほど色っぽい。

彼女は案内表示を何度か見てから、新幹線に乗り込んだ。

すぐに彰人の車両の自動ドアが開く。

その彼女が立っていた。

(おおっ、近くで見たら、すげえ美人っ)

奥二重《おくぶたえ》のアーモンドのような形のいい目に、薄くて細い眉。

美人だけで、どこか儚《はかな》げな雰囲気を漂わせている。男が放っておけなくなるタイプの女性だ。

彼女は切符を手に席を探している。

彰人の隣である窓際の席も空いていた。

ここに座ったらいいなあと思っていると、彼女は彰人の横に立ったので、胸がときめいた。

「すみません、前、よろしいでしょうか？」

彼女がニコッと微笑んだ。

「は、はい」

緊張して、うわずった声になる。

へんに思われなかったかとハラハラしながら、座席のテーブルを畳んで、おにぎりとお茶を手に持って脚を畳み、前席との距離をなるべく開けてやる。

彼女は軽く頭を下げて狭い座席との間を通ろうとした。

ミニスカートが彰人の膝に触れてめくれ、白い太ももが半ばくらいまでチラッと見えた。

（い、いい脚してるな）

全体的にスリムだと思っていたが、太ももはいい感じにムチムチしていた。

横から見たら、桜色のニットに包まれた胸が大きく突き出ていた。

ぴったりとしたタイトなニットなので、身体の乳房の丸みがはっきりとわかる。

(エロいおっぱいしてるッ……おとなしそうな顔して、意外と男が好きそうな格好してるんだな……)

いやらしい目で見ていたときだ。

彼女は彰人の前の狭いスペースを通ろうとしたが、重い荷物も持っていたのでバランスを崩してしまった。

「キャッ」

そのまま彼女は後ろに倒れて、彰人の膝の上にぺたんと尻を落としてきた。

(わあああっ……)

ムチムチしたミニスカの尻が、股間の上に乗っかってきた。

焦って、持っていたおにぎりを落としてしまう。

艶々《つやつや》した黒髪が鼻先をくすぐり、甘い体臭が漂ってくる。

すごい美人が、自分の膝の上に座っている。

もうどうしたらいいかわからずに、あわあわしていると、

「す、すみませんっ……」

彼女は恥ずかしそうに言い、すぐに立ちあがろうとする。

だが彼女も慌てていて、うまく立てずに、大きなお尻を、ずりっ、ずりっ、と彰人の股間の上で揺すってくるからたまらない。

(ま、まずいっ)

必死にとどめようとしたが遅かった。

勃起してしまったのだ。

彼女は一瞬ビクッとして、背後の彰人を振り向いて目を細める。

困り顔の中に、戸惑った様子がありありと浮かんでいる。

(ち、違うんですっ)

と、言い訳しようにも、勃起したのは事実だ。

「い、いや……その……」

「ごめんなさいっ」

彼女はようやく立ちあがり、まくれあがったスカートを下ろした。

「すみません、バランス崩しちゃって」

「い、いえ……大丈夫ですから」

さりげなくペットボトルで股間を隠し、通路に転がったおにぎりを拾おうとしたの

だが、

「あっ」

手を伸ばした瞬間に、大きな荷物を持ってきた男が、思いっきりスニーカーの底でおにぎりを踏んだのだ。ぐちゃぐちゃだ。

「あ、悪いな、兄ちゃん」

男は謝るものの、そんなところに転がしたおまえが悪い、という感じだ。

「いや、こっちが落としたのが悪いんで」

仕方ないなと破裂したおにぎりを拾って、コンビニの袋に入れていると、隣の席に座った彼女が頭を下げた。

「すみません、私がぶつかったせいで……弁償しますから……」

「えっ？　いや、いいですよ」

「いえ……でも、ホントに……車内販売のワゴンがきたら私が買いますから……すみません」

こちらが恐縮するほど、彼女は申し訳なさそうにしていた。

（いや、そこまでしてくれなくても……ん？）

膝の上に白い名刺が落ちていた。

《Kフーズ　営業部　白石結菜《しらいしゆな》》

驚いた。

彼女の名刺にあるKフーズは、冷凍食品を扱う食料品メーカーで、偶然にも彰人が今の会社に勤める前に働いていたところだったのだ。

「あの……名刺が……」

彼女に落ちていた名刺を渡すと、

「あっ、ごめんなさい」

と、彼女は受け取って鞄《かばん》の中の名刺入れにしまい込んだ。

(こ、これはチャンスだ……)

こんな偶然、二度とないだろう。

《この秋、最良の出会いあり。隣人に積極的にいけば幸あり》

あのおみくじの言葉も後押ししてくれた。

「あ、あの……Kフーズなんですね」

「え？」

彼女が訝しんだ顔をした。

「いや……その……僕も、三年前にKフーズの営業にいたので」

とたんに彼女の顔が明るくなった。

「えっ、ホントですか？」

「ええ。そうなんです」

さらに辞めた当時の詳細を話すと、彼女は彰人がウソを言っていないとわかったようで、安堵したような表情になった。

彼女は改めて白石結菜と書かれた名刺を差し出した。

こちらも今の会社の名刺を手渡し、石田彰人と自己紹介する。

「すみません、Ｋフーズの営業とあったので……懐かしくて、ついつい声をかけてしまって……」

「いえ、いいんです。でもすごい偶然。三年前って私が職場に復帰した頃よ」

「復帰？」

「ええ。結婚して子どもができて、いったん退職したんです。でも、子どもが小学校に入って手がかからなくなって復帰して……」

「ああ、なるほど……」

と、頷くも、内心穏やかではなかった。

（人妻か……しかも小学生の子どもがいるなんて……すごいな。それなのに、こんなに若々しくてキレイなのか……）

淑《しと》やかな和風美人が、やたら色っぽい理由がわかった。

細身に見えるのに、どっしりした大きなヒップの感触を思い出して、また身体を熱くしてしまう。

「そういえば、復帰したいと牧野《まきの》さんに言ったとき、辞める人がいるから、ちょうどよかったって言われたわ」

「多分それが僕だな。牧野さんって、牧野課長ですか？」

「あら、牧野課長を知ってるの？　私の今の上司は牧野さんよ」

「僕もそうでした。牧野さんの下で働いていて」

共通の知人がいれば、なおのこと話が弾む。

「牧野課長かあ……大変でしょう？　牧野課長って無理難題が多くて……」

彰人はオブラートに包んで言った。

本当は無理難題どころか、パワハラである。

辞めるきっかけのひとつに牧野のパワハラがあったのだ。

だが結菜は首をかしげた。

「牧野課長が？　とても優しい方ですけど……」

「へ？」

少しは改心したのだろうか。

（いや、違う。きっとこの人が美人だからだ）

牧野課長は男には強く当たっていたが、女性には甘かった。おそらく彰人と彼女への対応はまったく別物なのだろう。腹が立った。

「でも、確かに男の人には厳しいかも……」

彼女が言いづらそうに言った。

「厳しいっていうか、パワハラでしたよ、もう……」

当時のことを話すと、彼女は驚いた顔をした。

あまり深刻な話にしたくなかったので、おどけて話すと、彼女はクスクスと楽しそうに笑ってくれた。

（うわあ、笑った顔も可愛いなあ……）

他にも名物社員がいたので、その話をすると彼女もますます楽しそうに、ノッてきた。

「営業部にカタギには見えない人、いるでしょう」

「もしかして、倉科《くらしな》さんかしら」

「そうそう。あの人、猫好きで。猫のブログが有名なんですよ」

「えっ、そうなの？」

「その話すると、喜びますよ。で、あんな強面《こわもて》なのに、猫の着ぐるみを着た写真がお気に入りなんです」

彼女はお腹を抱えて笑ってくれた。

性格もすごく優しそうで、美人なのに意外に親しみやすい。

（いいなあ……結菜さんか……）

片側に流したウェーブヘアは艶々して、白くてほっそりした首が色っぽい。

奥二重の和風の顔立ちに、時折見せる愁《うれ》いを帯びた表情。

先ほど話している中で、三十二歳の人妻で、小学生の子どもがいる人妻だということもわかっている。

そして、加えて魅力的なのがプロポーションのよさだ。

先ほどから見ないようにしているのだが、やはり魅惑的な胸のふくらみに目を奪われてしまう。

（ニットが薄いから、おっぱいの形がわかっちゃうよ。子どもを産んだのに全然垂れてない。釣《つ》り鐘《がね》型っていうんだっけ？）

さらに、座っているからミニスカートがズレあがって、つやつやしたストッキングに包まれていた白い太ももが見えている。ムッチリした肉感的な太ももだ。

（しかし、おとなしそうな人なのに……ミニスカートと、タイトなニットってエッチな格好してるのが意外だな）

どちらかというと和服の似合いそうな美人だ。

とはいえ、身体つきは色っぽいから、ミニスカートも似合うのだが、

彼女が「ん？」という感じでこちらを見た。

結菜のおっぱいや太ももに視線を這わせていた彰人は、ハッとして慌てて会話を続ける。

「そうそう、そのときの倉科さんの写真、もらったから持ってるんですよ」

「ホントに？　見せて見せて」

と、彼女は新幹線の肘掛けを上げて、親しそうに身を寄せてきた。

ニット越しのたわわなふくらみが左腕に押しつけられている。

（お、おっぱいが！　や、柔らかっ……ふにょっ、として……）

さらにである。

人妻のムッチリした太ももの感触も、ズボン越しに感じた。

身体が熱くなる。

(ああ……結菜さん、油断してるっ……っていうか、リラックスしてるんだな)

うれしくなって、ますますプライベートなことを聞きたくなった。

そのときにちょう車内販売のワゴンが通りかかったので、彰人はビールを注文すると、結菜もビールを頼んだ。

そして、先ほどのおにぎりのお詫びにと、すべて払ってくれたのだった。

「出張はよくされるのかしら？」

Kフーズの話が一段落した後、ふいに訊かれた。

「多いですよ。独身だから身軽だろうって、押しつけられるんです。でも、白石さんは大変でしょう？　ご家族がいるから出張は」

「いえ、今日は仕事ではないんです」

彼女はそれまでの楽しそうな表情を一変させ、顔を曇らせて缶ビールを呷った。

「えっ……ああ、そうなんですか」

名刺が出てきたから、てっきり出張かと思っていた。

だとすると、家族を置いての、ひとり旅ということになる。

まあ同窓会とか、実家に戻るとか、いろいろ事情はあるよなあ……と思っていたのだが、結菜はそのまま口をつぐんでしまった。

「たまにひとりもいいんじゃありませんか？　僕はずっとひとりなんだけど」

何かを言わねばと適当なことを言ったのだが、結菜は思いもよらず真剣な顔で缶ビールをじっと凝視した。

「……そうね。そう思ったんだけど……」

彼女の顔が暗く沈んでいく。

思いつめているようで、彰人はますます焦った。

「あ、でも、やっぱり家族といるのが、いいのかなあ。僕も結婚願望はあるんですけど、なかなかいい人が……」

「……私、実は浮気をしに行ったんです」

「えっ？」

ギョッとして結菜を見ると、彼女は寂しそうに笑った。

「同窓会で久しぶりに会った同級生に……私の初恋相手なんですけど、その人に誘われて……あの、私、普段は絶対にそんなことしないんです。だけど、主人が女と会っているのがわかって……相手は水商売の人らしくて、会ったのは一回だけみたいなんだけど、でも口惜しくて……それで私も一度だけ浮気しようと思ったの」

彼女はいきなりとんでもない話を始めた。

どうやら溜めていた気持ちを誰かに話したかったようだ。

「それでホテルに行ったら、彼のスマホに奥さんからのＬＩＮＥが入って……彼は独身だってウソついてたんです」

「そ、それは……厳しいな」

「でしょう？　もちろん私だって浮気しようとしてたんだから、人のことは言えないけど。でも、相手の奥さんを巻き込むつもりはなくて。そのまま帰ってきたんです」

「な、なるほど……」

どう答えたらいいかわからなかった。

もしかしたら、ここで女に慣れているヤツなら、

《僕が代わりに慰めてあげますよ》

などと、図々しいことも言えるかもしれない。もちろん自分にはできないけど。

妙な空気の中、ふたりでビールを飲んだ。

(なるほど、だからセクシーな格好なのか……)

彼女の服装の理由がようやくわかった。

しばらく黙っているのも息苦しくなってきて、彰人は口を開いた。

「それは……その……なんていうか、その……でも、ご主人の気持ちがわからないですね。こんなに素敵な奥さんがいるのに浮気するなんて」

下心ではない。

本心から言って慰めたつもりだった。

だが、彼女はそうとはとらえなかったようで、ちょっと警戒したように感じた。

「い、いや、本心です。ホントに、その……」

「わかってます。ごめんなさい、石田さんがそんな方ではないと、話していてわかってたのに」

「え、ええまあ……」

いや、ホントは奥さんみたいな美人と、ヤリたくてたまらないんです。

だけど誘う勇気なんかないから、話を合わせてるだけなんです。

そのあと、またKフーズの話をしたり、お互いスマホを見たりしていたら、あっという間に東京に着いた。

本当にあっという間だった。

いつもは長いと思った帰りの新幹線が、これほど早く感じたのは初めてだ。

彼女と一緒に降りて、なんとなく一緒に改札に向かった。

ふたりとも大きなバッグを持っていた。

端《はた》から見れば、旅行帰りのカップルというところだろうか。

新幹線の改札を出る。

時計を見ると夜の十一時だ。人はまだ多い。

彰人は名残惜しさを感じつつも、

「じゃあ、あの僕は中央線で」

と言うと、彼女は、

「私は山手線なので……」

小さく言って、頭を下げた。

「あの……楽しかったです」

「私も、職場の秘密をたくさん聞けて、楽しかったわ」

結菜はようやく笑顔を見せてくれた。

それで彰人もホッとした。

「じゃあ……」

彰人は言って、踵《きびす》を返した。

《ちょっとだけ飲みに行きませんか？》

もしくは
《連絡先交換しませんか？》

と、言えればよかったのに、彼女が警戒していたのが気になって、どうしてもその言葉が出てこなかった。

（下心出してもいいじゃないかよ、かっこつけてもしょうがないのに……）

と、後悔しっぱなしで、歩き出したときだ。

誰かにジャケットの裾を引っ張られた気がして、ハッと振り向くと、結菜がうつむきながら彰人の服をつかんでいたのだ。

「えっ？　……あ、あの……」

彰人は慌てた。

彼女は服をつかんだまま、しばらく何も言わなかった。

こちらからも何も言えないまま、ごくっ、と唾を呑み込んだときだった。

「帰りたくないの……」

結菜は震えるような小さな声で、確かに言った。

ドキッとした。

ウソだろ。こんなラッキーがあるなんて。

「えっ……そ、それじゃあ、あの……飲みに……」

そう言うと、彼女は首を横に振ったので困惑した。

（えっ？　飲みに行かないなら、どこに行きたいんだろ）

頭の中で思いを巡らせていたときだ。

結菜が顔をあげた。

「……一緒にいてください。今夜だけ……寂しくて……」

美しいアーモンドアイがうるうると潤んで、甘えるような媚びた表情を見せてくる。

彰人の心臓は止まりそうになった。

3

（い、いいのか……いいんだよな……）

東京駅近くのシティホテル。

彰人は結菜に確認をしてから、スマホでホテルの部屋をとったのだ。

ふたりでホテルのエレベーターに乗っていると、心臓が口から飛び出そうなほど緊張した。

結菜もうつむいて、顔を強張らせている。

ホテルの部屋に入ってからも結菜は落ち着かない様子だった。

だが同時に、目の下をねっとり赤らめて、息を乱しているようにも見える。

《帰りたくないの……一緒にいてください……寂しくて》

それは間違いなく結菜の本音だろう。

一度だけ浮気をして旦那に復讐したいと思っているのだ。

もじもじと身をよじる結菜は、やたらと色っぽかった。おそらく人妻の恥じらいや罪悪感があって、それが彼女の落ち着きのなさに表れているようだ。

夜景の見える部屋は、大きなダブルベッドが中央にあった。

結菜は無言でパンプスを脱ぎ、ホテルの薄っぺらいスリッパを履いて、部屋の奥に進んでいく。

その様子を後ろから見ていた彰人の目は血走った。

彼女が前に屈んだときに、ミニスカートが持ちあがって、ストッキングに包まれたパンティが見えたのだ。

いきなり興奮はマックスになった。

(ムチムチで美人の人妻と……新幹線で隣り合っただけの女性と、まさかホテルに行

けるなんて)

結菜は所在なさげに、部屋の奥で立ち尽くしていた。

ニットを盛りあげる乳房の豊かさと、ミニスカから覗く太もものほどよい肉づきのよさに股間がみなぎっていく。

だがいつまでも、ふたりでもじもじしていては、彼女の気が変わるかもしれない。

勇気を出して結菜に近づき、ギュッと抱きしめた。

「ゆ、結菜さんっ！」

彰人は、ウエストにまわしていた手を、そろそろと上に這わせていく。

ぴったりとした桜色のニットが、砲弾状にせり出した双乳の形を露わにしている。

興奮しながら、ニット越しの胸のふくらみを揉みしだくと、

「あんっ……」

彼女が小さく喘いで身をよじる。

さらにぐいぐいと指を食い込ませると、結菜は首を左右に振り、背中を丸める。

しかし、そこまで抵抗は強くない。

さらに揉んだ。

(や、柔らかいのに、ハリがあって……た、たまらないおっぱいじゃないかよ)

想像以上の揉みごたえが指先から伝わってくる。

一刻も早く中身を見たい。

結菜のピンクのニットをめくりあげようとしたときだ。

「ああん、ま、待って……」

結菜が両手を突き返してきた。

(せ、性急すぎたか……)

慌てて乳房から手を離すと、結菜は頬をバラ色に染めて、うつむき加減でぽつりと言った。

「あの……い、いやじゃないんです。た、ただ……私、こういうことに慣れてなくて」

「わ、わかります。その……無理しなくてもいいですから」

本当は押し倒して、無理矢理したくなるほど興奮している。

だけど、それをしてしまったら後味が悪くなるだけだ。

ここは彼女の言う通りにしながら、なんとか最後までいきつこうと頭を巡らせていたときだ。

「……あ、でも……無理にシテいいんです……というか無理矢理でも……」

「は？　えっ？」

彰人は目をパチパチさせた。

結菜は髪を手で掻きあげつつ、うつむき加減で話を続ける。

「どうせ浮気するなら……私の望むようにお願いしたいんです」

「それが、その……無理矢理ってこと……」

彼女は小さく頷く。

彰人はぽかんとしてしまった。

（無理矢理が好きって、まさかレイプ願望？　いや……違うな。そうか、マゾってことか）

女性にはMっ気のある人が多いと聞いたことはあるが、ベッドを前にしてはっきりと目の前で言われたのは初めてだった。

まあ、それほど経験があるわけではないのだが……。

とにかく行きずりの一回。後腐れなしの一回だけだ。

だから結菜も、隠さずに恥ずかしい性癖を伝えてきたんだろう。

「あの……ホントにいいんですね」

恐る恐る訊ねる。

彼女は耳まで真っ赤にして、こくっと頷く。

「ええ。その……男の人に……好きなようにされてみたいんです。怖いんですけど、でも、夫にはこんなこと絶対に言えなかったので」

彰人は唾を飲み込んだ。

(す、好きなように抱いていいって……この美人の奥さんを……？)

結菜は薄幸そうな、どこか儚げな雰囲気を漂わせていて、確かにいじめてみたくなるタイプの女性だった。彰人も昂ぶる。

だが……。

いざとなると、どうしたらいいかわからない。

(うーん、いきなり押し通すとか、それでいいのかな？　でも……きっと結菜さんはもっと刺激的なことを求めているような)

そのときにふと、旅行鞄が目に入ってピンときた。

「無理矢理って、アイマスクとかネクタイで縛《しば》るとか、そういうのですよね」

言うと、結菜が目を泳がせた。

奥二重のアーモンドのような形の麗《うるわ》しい目が、とたんに潤んできてドキッとする。

どうやら当たりのようだった。

「ちょ、ちょっと待っててくださいね」

彰人は旅行鞄からネクタイとアイマスクを取り出した。

結菜に渡す。

「それをつけてください」

彼女は頷き、ベッドの端に座ってから黒のアイマスクをつけた。

美しい奥さんがアイマスクをつけて、ベッドに座っている。

それだけで異様なほど妖しい雰囲気になり、彰人は身震いした。

結菜も怯えているようだ。

視界が奪われ、しかも今日出会ったばかりの男と、ホテルの部屋でふたりきりなのである。しかしアイマスクをしていても、頬が紅潮しているのがわかる。

怯えていても、興奮しているのだ。

だったら、もっと大胆に行こうと、結菜の手をとって背中にまわさせる。

「だ、大丈夫ですよね」

改めて訊くと彼女は目隠ししたまま、恥ずかしそうに頷いた。

彰人はネクタイで結菜の両手を後ろ手に縛りながら、気付かれないように息を荒げていた。

女性の自由を奪うというのは、思ったよりも興奮するものだった。

視界も両手の自由も奪われた美しい人妻だ。

今、このまま襲いかかっても、どうにも抵抗できないだろうと思うと、股間が硬くなっていく。

簡単には外れないくらいに硬く縛り終えると、

「ああ……」

と、結菜はアイマスクしたまま、せつなそうなため息をつき、縛られた両手を動かして身をよじった。

(これはたまらん……)

生唾を呑み込み、結菜の姿を眺める。

身体のラインの出るニットに、太ももの見えるミニスカート。

そんな格好でアイマスクで視界を奪われて、さらに手の自由を奪われているという人妻に、興奮はますます募るばかり。

両目が隠れていても、怯えている表情はわかる。

怖がっているのに、目の下は赤く染まり、にわかに期待しているような性的な昂ぶりも感じられる。

「い、いきますよ」

裏返った声で言いながら、彰人はベッドに押し倒して胸のふくらみを鷲《わし》づかみして、強く揉んだ。

「あっ、あんっ！」

すると結菜は全身をビクンッとさせて、縛られた身をよじる。

アイマスクをする前とは、まるで反応が違った。

結菜はすぐにハアハアと息を弾ませてくる。目をアイマスクで隠していても欲情の具合が良くわかる。

たまらずに、桜色のニットを乱暴にめくりあげる。

一気に肩までめくると、白いブラジャーに包まれた乳房が、たゆんと揺れるようにこぼれ出た。

刺繍《ししゅう》のついた高級そうなブラだ。

淑やかな雰囲気の人妻に、白の下着がよく似合っていた。

白い下着というのはなかなか大人の女性は身につけないが、男としては清純そのものの純白の下着はうれしい。

もしかしたら浮気相手の趣味なのかも知れない。

さらに揉むと、

「ううっ……あぁン……」

アイマスクしたまま、結菜は恥ずかしそうに顔をそむける。

視界も両手の自由も奪われて、じわじわと裸に剝《む》かれていくのだ。それはかなり恥ずかしいだろう。

彰人は結菜の背に手を差し入れ、ホックを外してカップをめくりあげた。

露わになったふたつのふくらみに目を奪われる。

お椀型の美乳だった。

三十二歳の人妻なのに、透き通るようなピンクの乳首がツンと上を向いて、乳輪がぷっくりと丸みを帯びて浮いていた。

「ああっ……」

薄い上品な唇から、生おっぱいを露出させられた羞恥の息が漏れる。

恥ずかしいのに両手を縛られて隠すこともできない。

しかも視界も奪われて、羞恥心も増幅されていることだろう。

「いやっ、そんなに見ないでっ」

彼女はたまらずといった感じで、イヤイヤと首を横に振る。

「え？　見えてないでしょう？」

「ああん……だって……見えてないけど、すごくわかる……エッチな視線が……」

目隠ししているのに、いやらしい視線を感じたのか。

だが、それがいいらしい。だったら、もっと辱《はずかし》めたくなる。

「見ますよ。こんなにキレイなおっぱいなんですから……乳首もピンク色で人妻とは思えない色艶だ」

「い、言わないでっ……エッチっ……ああっ……いやっ……」

結菜がさらに顔を横に振りたくり、乳房を隠そうと身体を丸める。

その拍子に結菜の艶々とした髪の毛から、甘い香りがふわっと漂う。首筋からもアルコールに混ざった体臭が匂う。

すべてが噎せ返るほど濃厚だった。ますますいじめたくなってくる。

彰人が乳房の裾野を手のひらで乱暴に揉みしだくと、

「あああっ……いやあッ……」

結菜はうわずった声を漏らして細顎をせりあげる。

その感じた声が恥ずかしかったのだろう。結菜は慌てて口をつぐみ、漏れ出す声を堪えている。

「目隠ししていると、敏感になるんですね。ガマンしなくていいんですよ」

言うと、彼女は口惜しそうに唇を噛みしめる。

(そういう表情も、してられなくしてやる。この前、冴子課長をイカせたんだ。できるはずだ)

さらに乳房の形をひしゃげさせるほど強く揉めば、

「はンンッ……ああんっ……」

結菜はもう唇を噛むこともできなくなって、半開きの口からせつない喘ぎを何度も漏らして、裸身をびくんっ、びくんっ、と痙攣させる。

「い、いい反応じゃないですか」

搾《しぼ》り出すように揉めば、乳首がせり出してくる。

その乳頭部をざらついた舌で舐めてやると、

「あっ、ああんっ……」

結菜は悶えまくり、ついには、じれったそうに腰をよじってくる。

今度は乳首を指でつまんでやる。

「あン……ッ……だめっ……いやっ」

目隠しの結菜はのけぞり、乳首を隠そうと身をよじる。

いやと言いつつ、顎を上げるのは感じる証拠だ。

彰人はしつこく乳首をいじる。

すると、

「あンッ、いやあん、やだっ……そ、そこばっかり……」

結菜は目隠しした顔を振り、後ろ手に縛られた不自由な身体をよじる。

いやと言いつつも、次第に乳首が充血して硬くなっていく。彰人は顔を寄せてトップを軽く頬張った。

「ああっ……！」

ちょっと吸っただけで、結菜は感電したみたいに背を浮かす。

(す、すごい……この奥さんっ、エロいっ)

彼女の様子を眺めながら、乳輪をぺろぺろ舐めて、屹立《きつりつ》した突起を口に含んでチューッと吸い出した。

続けざま、口の中でねちっこく舌で転がしてやると、

「んっ……やっ……」

結菜は半開きの口から白い歯列を覗かせ、また首を左右に振りたくる。

「ああ、たまりませんよ……乳首が硬くなって」

「いやんっ……言わないでってばっ……いやらしい、いやらしいわっ」

彼女は、もう堪えきれないとばかりに、じりっ、じりっ、とベッドの上で尻を揺らしている。

(欲しいんだな。でも、まだ触らないぞ)

焦《じ》らすのも有効だろうと下半身には触れず、乳房ばかりを責め立てていく。

そのうちに彼女は、

「ああんっ、ああ……お、お願いっ……」

アイマスクで後ろ手に縛られたみじめな姿のまま、ついに哀願してきた。

腰が動いている。触って欲しいのだろう。

「何が欲しいんですか?」

わざともったいぶって訊くと、彼女はハアハアと息を荒げながら、

「い、いじわるっ」

と、拗《す》ねたように唇を歪める。

(可愛いじゃないか……)

彰人はますます彼女に好意を持った。

もしアイマスクをしていなければ、初めて会った美人に、遠慮してここまで大胆に

攻められなかっただろう。アイマスク様々だ。

さらにピンピンの乳首を舐めしゃぶれば、ついに彼女は、

「ああ、お、お願いっ……ほ、他も……他もいじって、お願い……」

と、淫らなおねだりを口にするのだった。

4

「あそこもいじって欲しいんですね」

訊くと、彼女は唇を嚙んだまま小さく頷いた。

アイマスクをしていても、表情がとろけているのがわかる。

両手を後ろ手に縛られたまま、パンティを脱がされ、両脚を大きく広げられることを想像しているに違いなかった。

初めて会った男に、恥部をこれからじっくりと凝視されるのだ。

そういった妄想が、きっと彼女を昂ぶらせているはずだ。

（そうだ……）

彰人は思いついて、鞄からもう一本ネクタイを取り出した。

彼女の後ろ手の拘束《こうそく》をいったん外してやり、そのネクタイで彼女の右膝と右手首をくくりつけた。

さらにもう一本のネクタイで、同じように今度は左膝と左の手首を縛りあげる。

「ああッ……いやァッ」

蛙《かえる》が仰向《あおむ》けになったような恥ずかしいポーズにされた結菜が、身を揺すった。

ミニスカートだから、両脚を開くと大きくまくれ、パンティストッキングに包まれた白いパンティが露わになる。

「た、たまんないですっ。いい格好ですよ」

わざと結菜の耳元で言えば、彼女は耳まで赤くしてイヤイヤする。

彰人はムッチリした太ももをねちっこく撫でまわしながら、強引に彼女の両脚を広げていく。

ストッキングに包まれた下肢が、ほとんど丸見えだ。

「い、いやあっ……こんな格好っ……ああんっ！」

結菜が首を振ってM字開脚させられた脚をばたつかせる。

いやがっていても股ぐらは、淫らな熱気がムンムンだった。生々しいツンとする濃くて蒸れた女の匂いが鼻先に漂ってくる。

「すごく熱くなってますよ、ここが……それに匂いも……」

「いやっ……ああんっ……か、嗅がないでっ、お願い……だめ、そんなところの匂いを嗅いじゃだめ、お願いっ」

結菜はそう言うものの、目隠しをつけて両手両脚を縛られ、がに股にされているのだ。

どんなにいやがっても無防備な股間をさらけ出すしかない。

（たまんないなっ、この疑似《ぎじ》レイプ……）

そっと下着越しに恥部を撫でるだけで、

「いやっ……ああん……いやっ……あぅぅぅ！」

結菜は声を跳ねあげ、ムチムチした太ももをぶるぶると震わせる。

相当に感じているのがはっきりわかる。

「いやなんて言って、悦《よろこ》んでいるじゃないですか。こんな格好で縛られて、目隠しされているのに」

「悦んでなんてっ……くぅぅうっ」

また恥部を指でなぞると、熱気はひどくなって湿り気を帯びてきた。

指で軽く圧《お》しただけで、パンティ越しのスリットに指先が沈み込んで、ねっとりとした湿りが指にまとわりついてくる。

すごい濡れっぷりだ。鼻先を股に突っ込んだ。

「あ、ああ……ッ……いやっ……！」

くんくんと匂いを嗅げば、結菜は悲鳴をあげる。

やがて、うっすらパンティに恥毛が透けて見えてきた。パンストとパンティの二枚の薄布越しにもかかわらずに濡れてきているのだ。

「ほうら、もうシミが……」

「ああッ……だめ……そんなこと……い、言わないでっ……」

下着が湿ってきているのが自分でわかるのだろう。

ツンと鼻につく発酵臭はさらに強くなる。まるで男を誘っているようだ。

(美人でも、おまんこの匂いは強烈なんだな……)

興奮で、ますますズボンの中の勃起が硬くなっていく。夢中になって、今度は下着越しに股間を舐めると、

「ああっ、もう許してっ……ああんっ」

泣きそうな声で結菜が叫んだ。

もはや抵抗もできないほど、乱れている。

落ち着いた大人の女性であってもやはり人妻。一度欲望に火がついては、もう止められないようだった。

(この感じ方、すごいな……目隠し束縛プレイはかなり効いたな)

もはや遠慮はいらなかった。

アイマスクをしていてもわかる恥ずかしがる表情を見ながら、彼女のシミつきパンティとパンストに手をかける。

くるくると丸めながら下ろしていき、縛られている膝まで下ろしていくと、開脚しているから丸まった下着とパンストがピーンと伸びて、からまった。

「ああああッ！」

結菜が恥じらいの悲鳴をあげた。

一番恥ずかしい部分を丸出しにされ、両脚も無残に開かされている。

両手足をネクタイでくくられて、どうにもできない。

さらには目隠しだ。

浅ましい格好で、出会ったばかりの男に恥ずかしい部分をじろじろと眺められているのだ。

叫び出したくなるくらいの羞恥を感じるのは、当然だろう。

（しかし、エロいな。赤ちゃんがおしっこするときのような格好で縛られてるんだもんな。恥ずかしいだろうな）

彰人は無遠慮にアソコを覗き込んだ。

彼女の股ぐらは、慎ましやかに二枚の花弁が少し開いていて、奥にある薄桃色の粘膜がつやつやと濡れ光っている。

たちこめる磯《いそ》のような匂いは濃厚で、鼻先にキツく漂ってくる。

薄紅色のアヌスのまわりも清らかだ。

「い、いやらしいおまんこですね」

わざと下品な四文字を口にすれば、結菜はアイマスクの顔をハッとさせたようになって、いきなり足をバタつかせてきた。

「み、見ないでっ！　そんなにじっくり見ないでっ。近いんでしょ？　顔を近づけてじっくり私の恥ずかしいところ、見てるんでしょ？」

「正解です。奥さんの恥ずかしい部分を全部見てますよ。おまんこだけじゃなくてお尻の穴も」

視線が遮られているから、ここまで大胆な辱めができる。

彰人は遠慮なしに濡れた亀裂を舌で舐めあげた。

「あうんっ！」

結菜は驚き、びくっとして腰を逃がそうとする。

だがそうはさせない。

膝をつかんで広げさせながら、ツゥーツゥー、と舌でワレ目をなぞりあげていく。

「ああ……いやぁぁ……舐めるなんて、だ、だめぇぇ……見えないからって、そんなことしないでっ」

結菜は身を強張らせていたが、ねろりねろりと舐め続けていると、すぐに感じた様子を見せ、

「あっ、ああんっ……はああんっ」

と、鼻にかかるような、喜悦の声を漏らして腰を揺らし始める。

奥からは、濃密で酸味の強い発情したエキスがしとどに濡れて、蜜が雫《しずく》となってアヌスの方に垂れ流れていく。

「すごい濡れようですね。全部ばっちり見えてますよ」

「あううっ……ち、違うの……違うのよ」

アイマスクをした結菜が、イヤイヤと首を振る。

さらに舐める。

ピリリとした、潮っぽい味に生魚のような匂いが強くなっていく。

（キツい味だ。でも、美味しい……）

舌を伸ばして、ねろり、ねろりと、奥までぬめる。

「だめっ……ああ……だめっ」

結菜は縛られた身体を逃がそうとする。

だが逃がさない。

両膝を割り裂いたまま、ねちっこく舌を這わせていく。そのうちに猫がミルクを舐めるような、ぴちゃ、ぴちゃ、という音が立つ。

「ああ……ああ……」

いつしか結菜の尻が、物欲しそうに動いてきた。

「あっ……あっ……ダメ……あはっ……あうんっ……」

せつなそうな甘い鼻声で、ヒップをじりじりと揺らしている。

舌だけでなく指も使った。

スリットの小さな孔《あな》に指を折り曲げて力を込めると、指はぬぷーっ、と、しとどに漏れた膣の中に嵌まっていく。

「あああっ……！」

結菜はとたんに、ぶるっと震え出した。

彰人は入れた指を膣内で鈎《かぎ》状に曲げて、思いきり奥の天井をこすりあげた。

すると、

「ンッ……あっ！　それだめっ……」

結菜が背中を大きくのけぞらせる。

よほど感じたのだろう。

アイマスクの顔は尋常でないくらい真っ赤だ。

さらに硬くなった乳首をつまんだり、こりこりと転がしたりすれば、結菜の反応はいやらしくなっていくばかりだ。

5

新幹線で出会ったときは、しっとりと落ち着いた雰囲気の人妻だった。

だが今の彼女は、目隠しと後ろ手縛りというアブノーマルなプレイで悦び、腰をくねらせて鼻息を弾ませる、いやらしすぎる人妻だ。

女性というのは、こんなにも変わるものなのかと驚きつつも、ねっとりクンニやお

っぱい責めを続けていると、

「ああんっ、いやぁぁ！」

アイマスクをしていても、欲情している顔が想像できる。

彰人は続けざま、舌先でクリトリスをいじってやった。

ちろちろと舐めただけで、

「ああァッ！　そ、そこはだめぇ……ゆ、許して……お、お願い……も、もう……あっ……あうう」

結菜は足指を丸めて、ガクガクと震え出した。

（くううっ、エロいっ……も、もう入れたいっ……）

経験の少ない彰人が、辛抱するのも限界がある。だが、そこを堪えてさらに焦らすようにクンニをしつこく続ける。

しばらくすると、

「お、お願いっ、もうっ、もうっ……だめなの……おかしくなっちゃう！」

結菜が身体を震わせて泣き叫んだ。

どうやら、オルガスムスに近づいたらしい。

目隠しした顔に、彰人は顔を近づけて唇を重ねた。

一瞬、彼女はビクッとしたものの、彰人が舌を入れると、受け入れるどころか強く吸って舐めしゃぶってきた。

「ううんっ……ううんっ……」

これほど熱い口づけをされると思わず、こっちも驚いてしまう。

お互い新幹線で出会ったばかり。シャワーも浴びずに、しかも結菜自身の性器を舐めしゃぶった後の彰人の口や舌である。

おそらしく自分の蜜の味を感じているだろう。

だが、そんなものは気にならないとばかりに、結菜は激しくベロチューを仕掛けてきた。

もう結菜は恥じらいも忘れるほど、感じているようだ。

キスをしながら、彰人は結菜を縛っていたネクタイをほどいた。

さらにバンザイさせてニットを頭から抜き、スカートやストッキングやパンティを爪先から抜いて全裸にした。

彰人もズボンもパンツも、シャツも脱いだ。

脱いでいく途中にも、結菜はもう離れたくないとばかりに抱きついて深いキスを重ねてくる。

恋人同士のような濃厚なキスに、彰人はますます興奮した。

そこでようやくアイマスクをとってやる。

結菜の目には涙が浮かんでいた。

「い、いじわる……無理矢理してほしいって言ったけど、焦らしてなんて言ってないのに……だめって訴えたのに、私のこと、あんな風にいじめて……ああんっ……」

拗ねるように言いながら、彰人の首に両手を巻きつけてギュッと抱きついてきてくる。

結菜の身体はひどく汗ばんで、ぬるぬると照り輝いていた。

彼女はキスをしながら男根をつかんで、すりすりとシゴきたてながら濡れた目で見つめてくる。

欲しいのだ。

もちろん彰人も欲しかった。

結菜の脚を開かせて、肉棒を右手でつかみ、正常位で媚肉にぴたりと当てる。

小さく窪んだ部分に嵌まって、そのままぐっと押し込むと、亀頭が膣穴を大きく広げ、ぬるっと呑み込まれていく。

「あ、あンッ……」

挿入の衝撃が大きかったのだろう。

結菜が顎を跳ねあげて大きく背をしならせた。

そうしてのけぞったまま、つらそうにギュッと目を閉じて、眉間にシワを寄せた苦悶の表情を見せつつ、ハアッ、ハアッと熱く喘いでいる。

(うああ……簡単に入った。結菜さんの中、あったかい……)

結菜の中は熱くぬかるんでいた。物欲しそうに柔らかな膣肉がペニスを包むように締めつけてくる。

「くっ、くううう、き、気持ちいい……」

脳みそがとろけそうだ。

じっくりと味わってなどいられない。

思わずいきなりフルピッチで、腰を動かしてしまう。

「あっ、だ、だめっ！　そんな、いきなり、いやっ、いやぁぁ……！」

結菜は困惑した声を出して、腰をくねらせた。

「だめっ、私……私……ッ……も、もう……ッ」

結菜がすがるような目を見せてきた。

「も、もしかして……もう、イキそうなんですか？」

追い立てながら訊くと、結菜は真っ赤な顔で小さく頷いた。

「こんな、こんなの初めて……こんなにすぐにイキそうになるなんてっ……私……あんっ……私……」

「いいんです。イッて……イッてくださいっ！　すべてを忘れてっ……」

それこそが彼女の求めていたものだった。

《帰りたくないの……》

と、初めて会った男に伝えるのは、とてつもなく勇気がいっただろう。

だが、それだけ寂しくて、身体が快楽を求めていたのだ。

（よし……イ、イカせるぞっ……初めて会った女性をイカせるんだ……）

ひるむことはない。

あのときは無意識だったけど、美しい女上司をイカせたという自負がある。

彼女をギュッと抱きしめて、ばすっ、ばすっ、と懸命なストロークで、子宮にまで届かせる。

「ああんっ、いい、いいわっ！」

と、彼女は口走り、向こうからも腰を動かしてきた。

（くうう、気持ちいいっ）

こっちもさらに激しく突き入れる。

結合部はもう汗と愛液とガマン汁で、ぐしょぐしょだ。

「ああん、だめっ、そんな……ああん、気持ちいい、ああん、すごい。私、ああん、イク……イッちゃうっ……ねえ、私、イッちゃうっ」

彼女は怯えた表情を見せる。

奥二重のアーモンドのような形のいい目に、薄くて細い眉。

整った顔立ちの結菜の、つらそうな泣き顔がたまらなくセクシーだった。

「はああんっ、あぁッ……だめっ……ああんっ……イクッ……イッちゃぅぅ」

結菜は彰人にしがみつき、ガクッ、ガクッと痙攣する。

彼女の腰は、より深く男根を迎えようと、クイクイといやらしく、しゃくりあげてくる。

(うあああ、なんだこれ、なんだよ、この腰の動きっ)

それに加えて、ペニスを搾る膣圧と、これほどの美人を絶頂に導いたという満足感が彰人を決壊させた。

最後の一撃を打ち込んだときだ。

「くううっ……ああ、僕も……で、出るっ、出ますっ」

頭の中が真っ白になり、全身が痺れきった。

痛いくらいにみなぎった男根の中を灼熱が駆け抜けて、そのまま熱いしぶきを結菜の子宮口に注ぎ込んだ。

身体が痺れるような快楽に、意識がとぎれそうになる。

（ああ……すごいっ……くらくらする）

まさか、新幹線で隣り合った美女と、こんなことになるなんて……。

幸運に感謝しつつ、彰人は結菜にしがみつく。

気持ち良すぎて最後の一滴を出し尽くすまで、離れることはできなかった。

第三章　マリッジブルーな若肌

1

土曜日の夜。

彰人は自宅のマンションで、ノートパソコンのディスプレイとにらめっこしながら、先週のことをぼんやりと考えていた。

《この秋、最良の出会いあり。隣人に積極的にいけば幸あり》

おみくじの言葉である。

出張帰りの新幹線で初めて出会った結菜も、隣に座ったのだから、隣人と言えば隣人だ。

（おみくじ、当たったなあ）

なのだが……。

ふたりとも人妻というのが、おしい。

もちろん経験豊富でエロくて……人妻は魅力的である。

だが二十九歳の独身からすると、最良の出会いというのはこの先一緒に暮らしていけるパートナーであってほしい。

(贅沢かなあ……結菜さん、よかったし……)

初対面で「無理矢理してほしい」と言われたのは面食らったが、あの美人があんなに乱れ、しかも恋人同士のようにイチャラブできたのは最高だった。

一週間も前のことなのに、今さらアイマスクとネクタイで縛られた結菜を思い出すと、股間が硬くなる。

(……また悶々としてきちゃったよ)

このままでは、家に持ち帰ってきた仕事が手につかない。

よしっ、抜こう。

思い立って、デスクの椅子から立ちあがり、ジャージの下とパンツを膝まで下ろしてティッシュを用意する。

ペニスをつかみ、シゴき始めた。

このところ、おかずの動画はいらなかった。

冴子課長や結菜のことを思い出すだけで、股間が疼く。

「ああっ、結菜さん！」

名前を呼ぶだけで、射精しそうになる。

(くうう、もう出るっ……)

ティッシュを持ったところで、いきなりスマホが鳴った。

無視しようかと思ったけれど、仕事のことで冴子課長から電話がかかってくるかもしれないと思ってスマホをとると、ディスプレイに折原瑞希《おりはらみずき》、とあった。

(瑞希？　久しぶりだな)

折原瑞希は大学時代のふたつ下の後輩だ。

可愛らしいから男のファンも多かったが、彰人とは妙に気が合い、異性というよりも同性の友達のように仲良く遊んでいた関係である。

「もしもし」

「あ、彰人センパイ？　瑞希です。覚えてるよね」

「そんなに簡単に忘れるかよ。でも久しぶりだなあ。おまえが卒業のときに会って以来だから、五年ぶり？」

「もうそんなになるかなぁ、なんか確かに懐かしいかも。あはは」

天真爛漫な瑞希の顔を思い出す。

お気楽な大学時代に戻ったようだった。

「どうしたんだよ、急に……というか、結婚するんだよな。こっちに何の連絡もしないでさあ。披露宴の招待状まだ届かないぞ」

瑞希が結婚するのは、別の後輩から聞いていた。

式は一月だから、あと二カ月だ。

「あ、そうか。忘れてた。すぐ送りますね。それでね、彰人センパイ。私、今、東京なんです」

「え？　戻ってきてるのか？　確か福岡にいたんだよな」

「うん。それで、近くにいるから彰人センパイの家に寄ろうかなって思って、寂しいひとり暮らしでしょ」

「え、今からか？」

「今です。どうせカノジョとかいないんでしょ？」

彰人は言われて部屋を見渡した。

今からオナニーを続けると、部屋が生臭くならないだろうか。

まあ瑞希ならいいか。

「カノジョいないのは余計なお世話だ。あたってるけどさあ……でも、男の部屋にこんな時間に訪ねてきて、いいのかよ」

「え？　彰人センパイ、私のこと襲うんだ」

「ないよ。するわけないだろ」

「ふうん……でもさ、私、痩せてもっと可愛らしくなったんだけどな。寂しいセンパイのお手伝いくらいならしてあげてもいいよ、お手々くらいなら使わせてあげる。お口とかはいやだけど」

相変わらずの、下ネタだ。

彰人は呆れて笑った。

「あほか。いいよ。どれくらいで着きそう？」

訊くと三十分ぐらいというので、電話を切ってから慌てて見せてはいけない物を押し入れに放り込む。

男の一人暮らしだが、わりとこざっぱりしている方だと思う。

リビングとキッチンは片付けた。

寝室も掃除しよう、と思ったがさすがにやめた。

（まさか泊まってはいかないだろう）

午後八時。

最寄り駅から歩いて五分の場所だし、終電もわりと遅くまである。

（しかし、なんで急に訪ねてきたんだろうな）

近くまで来たというから、懐かしく思ったのだろうか。

大学時代、よく遊んだよなあ。

彼女は物怖じしない性格で、後輩のくせに生意気だったけど、それが彰人には心地よかった。

女性は苦手だったけど、瑞希とは本音で話せたのだ。

だが顔は可愛らしく、完全に同性の友達のように思えたかというとそうではなく、チラチラといやらしい目で見ていたのは秘密である。

2

「あっ、彰人センパーイッ」

駅の改札で待っていると、瑞希が手を振って駆け寄ってきた。

その瑞希の姿に彰人はキュンとして、思わず手を振り返してしまう。

（み、瑞希だよな……？）

いや、確かに大学時代も可愛らしかった。

だが五年ぶりに会った瑞希は、目を見張るほど可愛らしくなって、こっちに向かって手を振っている。

まわりの男たちが、瑞希に目を奪われているくらいである。

なんだこれは。

ちょっとそこらにはいないぞ。アイドルみたいな可愛らしさにドキドキする。

しかもだ。

小柄だが、やたら肉付きのいいボディが弾んでいる。

Tシャツの上にパーカーを羽織っていて、下はデニムのショートパンツだ。

白いTシャツの胸が豊かに弾んで、ショートパンツから伸びた太ももは健康的なムチムチさ加減である。

（おおう、バストも太ももにもいい感じに脂が乗って……これはまずい、まずいぞ）

ショートボブヘアに三日月の大きな目。

厚ぼったい唇にわりと大きめの口が昔からセクシーだった。

二十七歳のわりには童顔で、可愛らしい美少女のようだ。

それでいて、おっぱいもお尻もムチムチだ。

欲情するのは当然である。

(いかん、瑞希だぞ。仲のいい後輩だ。ふたりきりでライブに行ったことも、ご飯を食べにいったこともあるんだ)

なんとかエッチな目で見るのを自重しながら待っていると、瑞希がすぐに頬を赤くしてやってきた。

「ごめんなさい、突然」

目の前で、わずかに息を弾ませる彼女の愛らしさといったら、この場でギュッと抱きしめたくなるほどだ。

(くうう、可愛らしくなったなあ、瑞希)

という気持ちを胸に押し込めて余裕のフリをする。

「いや、まあ暇だったし……べ、別に来てもいいよ」

とにかく揺れる胸元を見ないようにするのが最優先だ。

冗談でスケベな下ネタを言うのはいいが、本気でエロい目で見ているとわかれば警戒されてしまうだろう。

「ウフッ。久しぶりですねー。うわあ、童貞っぽいとこ変わってないかも」

瑞希が昔のようにいじってきて笑った。

「誰が童貞っぽいだ。ちゃんとやることはやってるってのに」

実際に美人の上司や行きずりの人妻と関係を持って、しかも満足させたという自負がある。もちろん瑞希には言えないが。

「へえ。そうなんだぁ。でも、カノジョとか、今はいないんでしょ？」

「そ、それは……まあ……それより、どうしたんだよ、急に」

「別に。いいじゃないですか。可愛い後輩がせっかく会いに来たんでから、うれしいでしょう？」

そう言って、右腕にギュッとしがみついてきた。

「お、おいっ」

肘のあたりに、ふくよかなふくらみが当たっている。

カアッと身体が熱くなるのを抑えられない。

大学時代も瑞希がこんな風にイタズラしてきたことがあったが、ここまで意識したことがなかった。

「行きましょうよ、早く。どんな家なのかなあ」

「い、いや、男ひとりでも、わりとキレイにしてると思うけどさ」

そのまま引きずられるようにして、ふたりで歩き出した。

どう見ても、仲睦まじいカップルだろう。

すれ違う男たちがうらやましそうに見ていて、ちょっと誇らしくなる。

途中のコンビニでビールとつまみの乾き物を買ってから、彰人のマンションにふたりで入っていく。

「おー、ホントだぁ。キレイにしてる」

リビングに入ると、瑞希は目を輝かせてきょろきょろした。

「ジロジロ見てないで、さっさと座れよ」

「はーいっ」

瑞希は元気よく言うと、ソファに身体を投げ出した。

大胆に大きく脚を上げたから、ショートパンツの隙間から、ちらりとパンティが見えた。色は淡いブルーだ。

全身の脈がバクバクする。

(お、落ち着け……瑞希だぞ……)

といっても、この可愛らしさはまずい。

昔みたいに男女の垣根を越えて、仲良く接することができるか不安だ。

「ビール、冷蔵庫に入れておくね」

瑞希が甲斐甲斐しく買ったビールを冷蔵庫にしまってくれた。

(あれ？　ここまで気が利くやつだっけ？)

しゃべり方は昔のままだが、女っぽくなったなと感じる。

それに後ろ姿も妙に艶《なま》めかしかった。

ショートパンツの尻が、やけに悩ましい丸みを帯びていて、いけないと思いつつさらに欲情してしまう。

ショートボブの茶髪もさらさらとして、甘い匂いがする。

というよりも、瑞希が入ってきた瞬間から、いつもの味気ない1LDKの部屋が、ムンムンとした女の匂いに包まれて、女性と部屋にふたりきりという危うい雰囲気を感じてしまうのだ。

(いや待て。そう思っているのは、僕だけだ)

頭を振った。

そんなことを考えながら、買ってきたスナックをテーブルに広げていると、瑞希が冷えたビールを持ってきて、ソファの隣に座る。

プルトップを開けて、ふたりで乾杯した。

瑞希は豪快に缶ビールを呷る。懐かしいなと思いつつも、白い喉がコクコクと動いているのを妙に色っぽく感じてしまう。

「くうう、おいしいっ！」

瑞希が元気いっぱいな声を出す。

彰人もビールを喉に流し込むも、隣の瑞希の胸のふくらみや、ムチムチした太ももが気になって、味なんか二の次だった。

(しかし、色っぽくなったなあ……二十七か……あの瑞希が、結婚して人妻になるんだもんなあ)

メイクが変わったのだろうか。

大きくて潤んだ目と、ピンクの艶々した唇に目を奪われていると、

「なあに？　ウフフ……」

瑞希が愛らしい目を向けてきた。

見とれていたのをごまかすように、彰人は慌てて答える。

「い、いや……キレイになったっていうか……」

「え？」

「その……おまえがさ、女らしくなったっていうか」

異性を意識させるのはまずいかなと思ったけれど、少しくらい褒めてやりたかったのだ。

「えっ？　やだっ……彰人センパイって、そういうお世辞も言えたんだ」

「お世辞じゃないよ。ああ、多分、もうすぐ結婚するから幸せオーラが出てるんじゃないか？」

からかうと、瑞希は眉をひそめて神妙な顔をする。

「うーん……」

「なんだよ、その生返事。もしかしてマリッジブルーってやつか？」

冗談のつもりだった。

だが、瑞希はビールを持ったまま、真剣な顔で小さく頷いた。

「彰人センパイだから言うけど……ホントにこのまま結婚していいか、ちょっと迷ってる」

「は？　いや、だって……祐二《ゆうじ》から聞いたぞ。ふたり、すごい仲がいいって」

「最初はそうだったんだけど」

また瑞希の表情が思いつめたようになり、ビールをじっと見つめている。

そしてキュッと飲み干すと、

「もう一本いい？」

と言って、冷蔵庫から二本目を持ってきて、また勢いよく呷る。

(ピッチ速いな……)

昔はあまり飲めなかったはずだが、少しは飲めるようになったのだろうか。

(だ、大丈夫かな、こんなに飲んで)

思わずまた、Tシャツ越しのバストの丸みを見てしまう。

正直に言って、もう瑞希を性的な対象として意識してしまっていた。

ソファに並んで座り、瑞希のアルコールを含んだ呼気が甘く漂い、香水と混じったムンとした匂いが鼻腔をくすぐる。

身体を寄せてきているので、ストッキング越しの太ももの感触が伝わってきて、身体が熱くなる。このまま押し倒してしまいたい気分だった。

「あ、あんまり飲むと、電車で爆睡しちゃうぞ」

さりげなく言うと、

「大丈夫。私、ちゃんと起きれるから」

そう言って、またビールを呷ってから真面目な顔で話し始める。

「なんていうか、その……嫉妬深いの、カレシ。それでいて一緒にいてもかまってくれないというか」

「そ、そうなのか……」

「うん……」

瑞希はますます口数が少なくなって、アルコールの量だけが増えていく。

（愚痴を言いたかったんだろうな……）

どうやら最初にテンションが高かったのは、カラ元気だったようだ。

本当は落ち込んでいたらしい。

「カレシと趣味とか合わなくて……ほら、私よく彰人センパイと、ライブとかフェスとか行ったでしょ」

「ああ、行ったなあ。懐かしいな」

「うちのカレシ、全然そういうの興味ないっていうか……でも、恋人の趣味なんだから、少しくらい興味持ってくれてもいいのに」

「無理にでも誘ってみたらどうだ？　瑞希と行くと、ノリがいいから楽しいんだよな。そういう楽しそうな瑞希の姿をカレシに見せれば……」

「うーん……でも、それ……きっと相手が彰人センパイだから、はしゃいでたんだと思う」

「そんなことないってば」

慰めるものの、瑞希はずっと沈みがちだ。

しばらくそういう愚痴を聞いてやって、壁の時計を見たら、もう十二時近くになっていた。

「お、おい……やばいぞ、終電じゃないか？」

慌てて言うも、しかし瑞希は焦らなかった。

「うん……」

「いや、うんじゃなくて……」

立ちあがろうとしたら、瑞希が上目遣いでこちらを見た。

「……ねえ、彰人センパイ……泊まっていっちゃだめ？」

「は？」

まさかの言葉に、彰人は目をパチパチさせる。

（と、泊まる？　瑞希が僕の家に……ふたりきりで……え？）

唾を呑み込んだ。

酔いが一気にすうっと醒《さ》めていくと同時に、心臓が、どくん、どくん、と脈を打つ。

頭の中で、

（ヤ、ヤレるかも……）

という下世話な思いが募ってきた。

いや、できるわけない。

相手は男女の垣根を越えた、仲のいい後輩。

ましてやもうすぐ結婚する、いわば他の男の予約済みの女性である。

「おい……何ばかなこと言ってるんだよ。よ、嫁入り前の娘がだな……」

「何それ。だって帰りたくないんだもん。もしかしてセンパイ、本気で私のこと襲うつもりじゃ……」

「あ、あるわけないだろ」

「じゃあいいじゃないですか、決まりっ」

気が楽になったのか、瑞希がパアッと明るい顔になった。

対照的に彰人は気が気でなくなった。

（泊まる……瑞希が帰りたくないからって……泊まる……ベッドはシングルがひとつだけだぞ、いや僕がソファで寝ればいいんだけどさ……でも、シャ、シャワーくらい浴びたいよな）

頭の中が、瑞希のおっぱいのふくらみで、いっぱいになる。

おっぱいがいっぱい。いや、そんな場合じゃない。

もう一度、帰そうしたものの、結局押しきられて瑞希は泊まることになった。

カレシにはＬＩＮＥで友達の家に泊まると伝えたらしい。

婚約者が外泊するのに、その相手が電話のひとつもよこさないのは、確かに寂しいように感じた。

(泊まるのか……泊まる……どうする)

頭の中でいろいろ考える。

着替えもないし、お泊まりセットもない。

とりあえずメイク落としと歯ブラシは持っているらしい。

(コンビニで下着とか買ってこようか。いやそれは逆にセクハラだよな)

ちょうど会話が途切れたときである。

「あの……センパイ」

「うん？」

「ねえ……あの……シャワー使ってもいい？」

「ええっ、シャワー？　い、いや、もちろんいいよ」

きた。

瑞希がシャワーを浴びる。

瑞希がこの部屋の中で裸になる。

まるでセックスの前のような、ドキドキとした高揚感だ。

脱衣場に案内してやると瑞希は、

「それと、ごめんなさい。Ｔシャツか何か借りていい？」

と、舌を出しながら言う。

続けて、くらっとした。

（マジか……み、瑞希が僕のＴシャツを着てお泊まり……）

だんだんと息が荒くなってきた。

だが、そんな興奮をひた隠して冷静を装う。

「あ、ああ……わかった。な、なんでもいいよな。下は短パンかなんかで……」

「センパイのＴシャツ、大きいでしょ。それだけでいいよ」

「え？　お、おう、そうか……」

普通に返すものの、もう心臓は破裂寸前だ。

（お、おまえなーッ！　Ｔシャツ一枚って、いくら裾が長くてもパンティが見えちゃ

うじゃないかよ)

でも、もちろんそんなことは口に出さない。

当然ながら、Tシャツ一枚だけという瑞希のセクシーな格好を拝みたかったからである。

「じゃあ、お先に使わせてもらうね」

瑞希は明るく言って、脱衣場のドアを閉める。

「バスタオルは好きなのを使っていいからなー。それとTシャツ置いておくからー」

ドアの向こうに声をかけると、

「お願いしまーす」

と、元気な声が返ってくる。

(ドアの向こうで、今、瑞希が服を脱いでるんだよな)

おそらくもうすぐ素っ裸になる。

あの瑞希が家の中ですっぽんぽんだ。股間が痛いほど硬くなってきた。

(ま、まずい)

気を落ち着けようと、リビングに戻って、ちょっとぬるくなった缶ビールを呷って
から、Tシャツを探そうとクローゼットのタンスの引き出しを開ける。

（えーっと、一番大きいサイ……待てよ……）

わざと裾が短いTシャツをわたせば、もう下着が見えること確定ではないかという奸計が頭に浮かぶ。

といっても、露骨に短いものは下心みえみえだ。

考えた末に極端に短くなく長くもなく、ごく普通のTシャツを持って脱衣場の前に行く。

「おおーい。入るぞ」

返事がない。もうシャワーを浴びているようだ。

（脱衣場のドアの前に置こうか。いや、浴室の前に置いておかないと不親切だろう）

自分に言い聞かせて、脱衣場のドアを開ける。

左手側に浴室の磨りガラス扉がある。

（あっ！）

磨りガラス越しに、ぼんやりと瑞希の裸体が見えていた。

（えっ？　このガラスって、こ、こんなに見えるの？）

誰も泊まったことなどないから、知らなかったが、けっこう見える。

はちきれんばかりの胸のふくらみがぼんやりと見えて、彰人は息を呑んだ。

(なっ！　デカパイじゃないかよ……瑞希……あんなにデカかったっけ)

甘酸っぱい痺れが身体中に広がっていく。

しかもだ。

乳房だけではない。

腰のくびれから広がる、豊満なヒップラインもわかる。

エロい。

エロすぎる身体つきだった。

可愛らしくて天真爛漫なあの瑞希も、二十七歳。

充分に大人らしいボディだ。カアッと頭が熱くなった。

(ま、まずいっ、見ている場合じゃない)

慌てて洗濯機を見る。

瑞希の服がきちんと畳まれて置かれている。

さすがに下着は隠していて見えないようになっている。

身につけていた瑞希のブラジャーやパンティを見たかったが、もちろんそんなことはできるはずがない。

だが……彰人はちらりと磨りガラスを見る。

シャワーの音は続いている。

まだ出てくる気配はまるでなかった。

（み、見るだけ……それならバレないよな）

持ってきたTシャツを洗濯機の上に置く。

そして……全身を熱くさせながら、慎重に畳んだ服をそっと持ちあげる。

淡いブルーのパンティとブラが服の間に挟まっていた。

（み、瑞希の脱ぎたての下着だ……）

少しくたびれた感じが、今日ずっと長い時間、身につけていたのを物語っている。

今の今まで、瑞希の……あの瑞希の恥ずかしい部分を覆っていたのだ。分泌した汗や体臭、それにアソコの匂いも、しっかりとこびりついているのだろう。

（嗅ぎたい……瑞希のアソコの匂い……）

全身の脈が疼いている。

見るだけにしようと思っていたのに、心とは裏腹に手が勝手に瑞希のパンティに触れていた。

（ああ、あったかいっ……まだ、瑞希のぬくもりが残ってる……）

嗅ぎたい。

嗅いでみたい。

ハアハアと息を弾ませながら、パンティのクロッチに鼻先を近づけたときだった。

「あ、Tシャツありがと。置いといてー」

浴室から瑞希の声が聞こえてきた。

ギクッとして、全身から汗が噴き出した。

「お、おう。置いとくからな。気に入らなかったら言ってくれ」

そのまま彰人は脱衣場から逃げ出した。

リビングに戻ってソファに座っても、落ち着かなかった。

（み、見られたかなっ……）

リビングドアが開いた。

（おおッ……）

危うく声を出してしまいそうになる。

男物のTシャツ一枚だけの瑞希は、あまりにセクシーすぎた。

ストッキングを穿いていないナマの太ももが、きわどいところまで見えてしまっている。かろうじてパンティだけはぎりぎり隠れている程度だ。

それに加えてだ。

だぼっとしたTシャツなのに、胸のふくらみが見えていた。

そして、そして、そして……。

そのふくらみの頂《いただき》が、ぷくっと盛りあがっている。

間違いない。

瑞希の乳首だ。つまり瑞希はノーブラなのだ。

「やだ……エッチな目をしてない？　彰人センパイ」

「え？　い、いや……そんなわけあるかよ」

必死に言い訳するも、もう無理だ。

Tシャツ一枚だけのノーブラなんて襲われても文句言えないだろう。

「じゃあ、ぼ、僕もシャワー浴びるから、適当にくつろいでいて」

彰人は逃げるようにリビングを出た。

(危なかった。マジでまずいぞ、あれ……)

理性が崩壊するところだった。

股間はもう硬くふくらんでしまっている。

3

シャワーを浴びて、ジャージに着替えて鏡を見る。

（よ、よし……ちょっと落ち着いたな……）

先ほどまでは股間が破裂しそうなほど、硬くなっていた。

今はそこまででもなく、心拍数も元に戻っている。

風呂場でヌイたのだ。

というか、一発ヌカないと、もうおかしくなりそうだったのである。

だが、リビングに戻ってソファに座る瑞希を見た瞬間、またムラムラとしてしまった。

可愛らしい後輩のTシャツ一枚という挑発的な格好への興奮は、一発ヌイたぐらいではおさまらない。

「おかえりー。早かったね」

「え？　そ、そうかな」

緊張しながら隣に座る。

瑞希から、いい匂いがする。

ショートボブヘアがまだ濡れていて、同じシャンプーやボディソープを使っているはずなのに、なんでこんなに甘い匂いがするんだろうと思った。

うっとりしつつ、どうしても目がノーブラの胸やナマ太ももを見てしまう。

Tシャツ一枚だから、パンティも見えそうだ。

というか、そのうち見えてしまうだろう。

瑞希はまたビールを飲んだ。

そうして、ふうと大きなため息をついてから、ぽつりと訊いてきた。

「ねえ。彰人センパイは、その……どうなんですか？」

「ん？　ど、どうって？」

「その……なんていうか……彰人センパイが女の子と付き合ったら、どうするのかなって……休みの日とか」

「ぼ、僕？　うーん、そ、そうだなあ。休みの日とかに彼女とふたりか。朝からずっと、イチャイチャしまくりだろうなあ、僕だったら」

「ええ？　ず、ずっと？」

瑞希が素《す》っ頓狂《とんきょう》な声を出したので、びっくりした。

「ずっとって、朝起きてから、ずっとエッチしちゃうの？　ちょっとそれはヤリまくりすぎじゃない？　センパイって、その……絶倫ってヤツ？」

彰人は眉をひそめた。

「おまえ……何を言ってるんだよ。ずっとセックスするなんて言ってないよ、イチャつくって言っただけだ」

「あっ……！」

瑞希が口元を手で隠して、真っ赤になって笑いながら肩を叩いてきた。

「やだもう、センパイがへんなこと言うから……」

「おまえが勘違いしたんだろ。つーか、イチャイチャするって言っただけで、すぐにセックス想像するって、いやらしいなあ。ははーん、もしかして欲求不満か？」

からかったつもりだった。

だが、瑞希の反応はいつもとまるで違った。

怒るでもなく、笑うでもなく、うつむいてため息をこぼしたのだ。

「確かに……不満かも……」

瑞希が顔をあげた瞬間だ。

息ができなくなった。

うるうると濡れた目で見つめられたのだ。

（こ、これは誘っているんじゃないか？　いや、ただ嘆いてるだけか？）

わからないままに、こちらから身体を寄せていく。

もう理性が働かなくなってきた。

「ちょっと……センパイ……ッ。ち、近いかな……」

瑞希が、両手で胸元を隠してきた。

（この反応はいけるのではないか？）

ふたりの間の空気が、友達ではなく、男女の妖しい雰囲気に変わっていくのを彰人は感じた。というよりも、こんな時間に来て、帰りたくないというのは、もう覚悟しているに違いない。

そのまま体重を預けて、瑞希の髪を撫でる。

「彰人センパイ……よ、酔ってるでしょ？　やだもう……」

恥じらっているものの、拒んではいない。

いけると信じて、ソファに押し倒していく。

「ううんっ、だめっ……彰人センパイ……私、カレシがいる……」

「でも、全然してこないんだろ。不満だって……」

「それはそうだけど……えっ、まずいでしょ……こんなの……」

瑞希が両手で撥《は》ね除《の》けようとしてくる。

だが、おざなりの抵抗だ。

顔を近づける。

瑞希が、ぷっと噴き出して、手で顔をパタパタと扇ぎ出した。

「何すごく真面目な顔してるんですかっ。ウフフッ、もう……あー、暑いっ……センパイがからかってくるから暑くなった、ウフッ……ううんっ！」

ガマンできない。

無理矢理に瑞希の唇を奪っていく。

「……ぅんううん……」

瑞希はすぐに手で押しのけてきて、見あげてきて、

「だ、だーめっ」

と、照れ笑いして、優しい三日月の目を見せてくる。

「だめなのか？」

また顔を近づける。

「だって……私……あんっ……待って……ね、ストップ……ね……ン……ンッ……」

再びキスすると、瑞希はくぐもった声を漏らして身をよじる。

瑞希は葛藤しているようだった。

身体では男を欲しがってる。

だが、カレシを裏切ることと、友達のように接していた彰人と一線を越えるのを怖がっているように見える。

(瑞希を抱きたい……セックスしたい。無理矢理じゃなくて、瑞希にも僕が欲しいと思わせたい。強引にでも……)

瑞希をしっかりと抱きしめて、ノーブラのTシャツの胸をまさぐった。

とたんに瑞希はキスを外して苦笑いする。

「あんっ……エッチ……センパイのエッチ……だめですよ、そんなの……だめ……だめ……今日のセンパイ、おかし……あっ……！」

指先がノーブラの乳首をとらえたのか、瑞希がビクッとして、顎を大きくせりあげた。

その瞬間を逃さなかった。

彰人は唇を押しつけ、瑞希の唇の隙間にぬるりと舌を侵入させる。

「ん……んふんっ……んっ……やんっ」

一瞬受け入れたものの、瑞希はすぐに唇を離す。

しかし、確かに今、ディープキスされて瑞希はうっとりとした表情を見せていた。

(やっぱり欲しがってる)

ここで逃したくないと、すぐにまた瑞希とのベロチューを狙う。

逃げる瑞希の顎を自分の方に向けさせ、唇を被せて舌を強引に差し入れて、口奥で縮こまっている舌をからめとる。

しばらく、ねちゃ、ねちゃ、といやらしい唾の音をさせて、瑞希の口中をまさぐっていると、

「ううんっ……うふんっ……」

ひかえめではあるが、瑞希からも舌を動かしてきて、鼻奥から悩ましい声を漏らし始めたのだ。

瑞希の方からも舌を出してきた。

その舌を吸いあげれば、瑞希が腕の中で身悶える。

(感じてる……それにしても甘いぞ……瑞希の唾、甘すぎるっ……ああ、瑞希とキスするのが、こんなにゾクゾクするなんて)

先ほどまでの天真爛漫な瑞希の姿を思い描く。

しゃべり方や態度は生意気だけど、間違いなく彼女は可愛い。

本音を言えば、ずっとこうしたかった。

彰人は胸をまさぐっていた手を下に持っていき、ショートパンツの中に手を入れようとする。

「あんっ！　だめぇ……」

瑞希がキスをほどいて、ちょっと待ってとばかりに手のひらを広げて、彰人の前に突き出してきた。

「も、もうっ……彰人センパイったら……冗談はやめよ、もうだめよ……ねっ……あっ……」

瑞希がハッとして、身をくねらせる。

彰人の手が白いTシャツをめくりあげたからだ。

「やあんっ。センパイ……だめっ……もうっ……エッチっ。あっ、ああん……」

抗っても耳の下のあたりを舐めると、すぐに瑞希は目を閉じて顎をせりあげ、あんっ……と、色っぽく喘ぐ。

(か、可愛いっ……感じた顔……瑞希ってエッチのときにこんな顔するのか)

感じた声を出してしまったことが恥ずかしいようで、瑞希は目の下を赤らめてまたキスをほどく。

「いやいやいや、ダメですってば……ね、彰人センパイ……」

「無理だよ。もう止まらないんだ。欲しいんだろ」

彰人がソファに押し倒すと、瑞希は可哀想《かわいそう》なくらいに赤くなり、笑ってごまかそうとする。

それはそうだろう。

男友達とセックスするなんて、恥ずかしいに決まっている。

でも抱きたい。

瑞希に欲しいと言わせたい。

また強引に押さえつけながら、無理矢理にTシャツをはだけさせる。

「やんっ……」

瑞希が手でノーブラの乳房を隠そうとしたので、無理にその手を引き剝がして、まじまじと眺めた。

(うおおっ……み、瑞希のナマ乳っ……でけえっ)

鏡餅のような丸々としたふくらみが、たゆんっ、と目の前で揺れている。

冴子課長も結菜も大きかったけど、ひけを取らない大きさだ。

あまり大きすぎて、裾野の部分がわずかに垂れ気味なのも、いやらしすぎる。見ているだけでおかしくなりそうだ。

「す、すごいな……瑞希のおっぱい……」

言わずにはいられなかった。

瑞希は首を左右に振ってから、怒った様子で睨んでくる。

「……し、知ってるくせにっ……たまにエッチな目で見てきたの、知ってるんですからっ」

「いや、デカいとは思ってたけどさ。これほどとは……」

彰人は鼻息荒く、片方の乳房を裾野からすくいあげる。

ずっしりとした重みと、しっとり手になじむようなもっちりした肌感に興奮が募る。

さらに指を食い込ませると、あずき色の乳首がわずかにせり出してきた。

「んんんっ……あああっ……」

むぎゅ、むぎゅ、と揉みしだくと、瑞希はせつなげに眉根を寄せる。

いや、いやっ……と首を振って拒もうとしても、しこった乳首を、キュッ、キュッとつまみあげると、

「ああっ……はああんっ……」

と、再び色っぽく喘いで、乳首をさらに尖らせてる。

「ああんっ……だめ……彰人センパイとなんてっ……一線を越えちゃうのは……だめっ……んっ……ぅうんっ……んぅぅ」

瑞希の悲痛な叫びを、彰人はまた唇で塞いだ。

なんとか雰囲気で押し流したい。

くぐもった叫びを漏らす瑞希の、さらさらしたショートボブヘアを、落ち着かせるように撫でたり、指を入れてすいたりする。

しばらくキスしながら愛撫を続けていると、ようやく瑞希の身体から力が抜けてきた。

いいぞ。

今がチャンスだとキスをほどき、あずき色の乳首を舐めれば、

「あっ……あっ……」

瑞希はうわずった声を漏らして、顔をのけぞらせてくる。

恥ずかしそうにしているが、もう胸を隠すことはしなかった。彰人は乳首を指の股で挟んでくにくにと捏《こ》ねる。

すると、ますますあずき色の乳首が尖ってきて、

「ああっ……ああんっ……くうっ、くううっ……」

と、ガマンしようとしているのに、鼻にかかった甘い声をこらえきれなくなってきた。

彰人は瑞希のおっぱいの感触を楽しみながら、またキスをする。

おそらく瑞希はキスに弱い。

今度は舌を入れても、もうなすがままだった。瑞希の舌をねちっこくしゃぶりまわしていくと、瑞希も情熱的に舌をもつれさせてくる。

（くうう……たまらないよ）

頭の芯までとろけるような、甘いベロチューだった。

何度も、ちゅぱ、ちゅぱ、と濃厚なキスを交わしてから、彰人はようやく唇を離して瑞希を見る。

瞼が半開きになって、焦点が合っていなかった。

眉間に刻まれた深い縦ジワに、欲望の深さが表れている。

ハアハアと呼吸も荒くなってきているし、何より瑞希の汗ばんだ身体からは甘い匂いが湧きあがってきている気がする。

（き、きた……瑞希もその気になってきた）

興奮のままに、自らのズボンとパンツを下ろした瞬間、薄ピンクの肉竿が、ぶるっと飛び出した。

このまま一気に……と思ったのだが、しかし、それを見た瑞希はハッとして、

「だめっ……やっぱりだめっ……」

と、狼狽《うろた》える。

(ここまできて、だめか……いや、瑞希もとろけているはずだ)

強引に進めようとしたら、瑞希は手で押し返してきた。

「やっぱりよくないです。これ以上は……」

このまま無理矢理でもいける気がするけど、やっぱり瑞希に欲しいと言わせてみたかった。

(フェラも無理だろうなあ……挿入もまだ早い……だったら……)

少し考えてから、彰人は思いきって欲望を伝えた。

4

「なあ……じ、じゃあさ……その……パイズリ……おっぱいに挟ませてもらうだけじ

やだめかな……」

思いきって伝えてみた。

大胆なお願いではあるが、なんとなくセックスやフェラチオよりは、ハードルが低いように思えたのだ。

それに加えてだ。

実のところ、瑞希のデカパイにチンポを挟んでみたい、という欲望があった。

「えええっ……？」

瑞希は目を丸くしていた。

どうやら、初めて言われたらしく、目をパチパチさせて自分のおっぱいとこちらの勃起を交互にチラチラ見る。

「あ、あの……そんなこととして……うれしいの？」

「うれしいよ。男はみんな好きさ。おっぱいでこれをこすってもらえるって、男の夢みたいなもんだ」

必死だった。

なんとか瑞希のパイズリを味わいたい。

瑞希は逡巡していたものの、やがて、ふうっと息をついて小さく頷いた。

頷いたものの、やはり恥ずかしそうだ。

(まあ男性器を自分のおっぱいで挟むなんて……したことがなければ、ヘンタイじみた行為だろうな)

それでも瑞希は覚悟を決めたのか、

「どうすればいい？」

と訊いてきた。

「ソファに座って、そのまま……」

言われた通りに、瑞希はおっぱいを出したまま、ソファに座り直した。

彰人はズボンとパンツを爪先から抜き、それから座っている瑞希の前で仁王立ちした。

瑞希に性器を見せるのは恥ずかしい。

だけどこっちが堂々としていなければだめだと、息を整えて瑞希を見下ろす。

「そのまま、左右から挟んで……」

「こ、こう？」

瑞希は真っ赤な顔のまま、おずおずと胸を突き出して、胸の谷間で肉竿を挟んで、そのまま左右からギュッと中央に押しつけてきた。

「おおおうっ……」

ぬくもりあるおっぱいに包まれた感触が、飛びあがりたくなるほど気持ちいい。

それにだ。パイズリは、何よりも見た目がすさまじかった。

勃起した男根のほとんどが巨大な肉房に埋まっている。

わずかに胸の谷間から、亀頭だけがちょこんと見えている状態だ。

谷間から飛び出た切っ先から、ガマン汁がドクドクとあふれて、瑞希の白い乳房を汚していた。

「ああんっ、私のおっぱいで、センパイのオチンチンがビクビクってしてるっ。やだもう……エッチ……」

瑞希は頬をふくらますも、彰人が感じている様子を見て、ちょっと誇らしげにうれしそうに笑ってくれた。

「次は挟んだまま、おっぱいでシゴいてくれないか……摩擦が足りなかったら唾を垂らして……」

「えええ？　そ、そんなことっ」

瑞希が睨みつけてきた。

「だって、濡らさないとこすれないだろ……じゃあ、サラダ油とかでも……」

「い、いい、いらないっ……そんなの持ってこなくていいから」

そう言って、瑞希は顔を赤らめつつも、下を向いて、ツゥーッと唾を垂らしてきた。

亀頭からおっぱいに、生温かい透明な唾液がしたたる。

(ああ、ホントに唾を垂らしてくれたっ……)

AVでしか見たことない、エロすぎる光景だった。

それをあの瑞希がやってのけたのだ。

「やんっ……また、オチンチンがビクビクッて……もうっ……」

瑞希は怒りながらも、ゆっくりとおっぱいを上下に動かしてきた。

「おおおっ……」

極上の感触だった。

手や口でしてもらうのとは、また違う快感だ。

弾力ある乳房のもっちりした刺激と、なめらかな乳肌の触り心地に、早くも射精を意識してしまう。

「た、たまらないよ……こんなの最高だよ……」

「やだ……もう……なんで彰人センパイのオチンチンを、私の身体で気持ちよくさせなきゃならないのよ?」

文句を言いつつも、瑞希も少しずつ興奮してきたようだった。

瑞希は強く左右の肉房を寄せて、ぬるぬるした肉棒を左右から圧迫しながら、ゆったりシゴいてくる。

唾とガマン汁が潤滑油となって、男性器の表皮が乳肌でなめらかにシゴかれる。

ねちゃ、ねちゃ、と粘っこい音、そして汗と体臭、ホルモン臭。

すべてが混ざって、いやらしい匂いが立ちこめている。

「んうう……んううんっ……どう？」

ハアハアと息を弾ませつつ、おっぱいで挟んだまま、瑞希が上目遣いに見つめてくる。

パイズリしながらの、媚びるような目つきがエロすぎた。

「くうううっ、瑞希のおっきなおっぱいがっ……あったかくて、ぬるぬるして……き、気持ちいい」

彰人は両足を開いたままのけぞった。

瑞希はその様子を、目を細めてうれしそうに笑う。

「ホントにヘンタイなんですね、彰人センパイって。やだもう……」

恥じらいつつも、瑞希は彰人の足下にひざまずき、まるで奉仕するように強くおっぱいを押しつけて身体を揺すってきた。

「ああ、すごい……と、とろけるっ」

「やだあっ……ああん、センパイが気持ちよさそうにするからぁ……私もへんな気持ちになっちゃう……ッ」

瑞希はそう言うと、

「あっ……ううんっ……」

と、ついにいやらしく喘いできた。

悩ましい声を出しながら、瑞希がとろけ顔でパイズリしている。さらには硬くなった乳首を男根にこすりつけて、

「あンっ……あんっ……」

と、ますます悩ましい声を漏らしてくる。

パイズリを強要したのは正解だった。

逞《たくま》しい男根と戯《たわむ》れて、瑞希の欲情がますます露わになってきた。

「むううっ……」

目がくらむほどの快感に、立っているのもできなくなって、いよいよソファに瑞希を押し倒して、ショートパンツの上から女の恥部を撫であげる。

「あっ……あっ……ああんっ……はああんっ……」

先ほどまでいやがっていたのに、瑞希は「もっと触って」というように腰を押しつけてきた。

（おおっ、あの瑞希が……こんなに乱れるなんてっ……）

ガマンの限界だった。

上もすべて脱ぎ、全裸になって瑞希のショートパンツを脱がしていく。

「……！」

瑞希は不安げな顔をするものの、それは一瞬だけだ。

すぐにせつなそうに顔を横にそむけ、腰を浮かせて脱がすのを手伝ってくれた。

Tシャツも脱がして淡いブルーのパンティ一枚の格好にさせると、

「ああ……」

瑞希はうわずった声を漏らし、さすがに恥ずかしそうに身をよじる。

（うわっ……エロい身体してるな……）

瑞希のセミヌード姿に、彰人は唾を呑み込む。

小柄でおっぱいは大きく、腰はくびれて細いが脇腹に柔らかそうな肉が乗り、そして下半身は思ったよりも充実している。

「いやんっ。センパイッ……そんなに見ないでっ……」

隠そうとするも、もちろんそうはさせない。

素っ裸のまま覆いかぶさり、脚をからませてペニスを押しつけると、とたんに瑞希は、

「ああんっ……エッチ……」

と、眉根を寄せた泣き顔を見せてくる。

(欲しがっている瑞希、色っぽいな……)

パンティの上から、こんもり盛りあがった恥丘を撫であげると、

「あっ……あっ……」

うわずった声で、顎をせりあげながら、瑞希は彰人の腕をギュッとつかんでくる。

瑞希の恥部のムンムンとした熱気や湿り気が、早く入れてと訴えてきているみたいだった。

(もうだめだ……瑞希は僕のものだっ……)

パンティを一気にズリ下げて、M字に開脚させた。

「ああ……」

大きく脚を開かされた結菜が、恥じらいと挿入の期待の混じったうわずった声を漏

らして顔をそむける。

（これが、瑞希のおまんこか……）

全体的に小ぶりで、肉ビラの縮れもほとんどない。

蜜にまみれて、ぬらぬらと光るアーモンドピンクの色艶が、男を誘い込むようだった。

両脚を開かせたまま、舌先で蜜まみれのスリットを舐めれば、

「はあああっ……あああ！　ちょうだいっ、センパイ、もうちょうだいっ」

瑞希はそれまでにはない大きな声をあげて、ガクガクと激しく膝を震わせる。

もはや完全に快楽に溺れきっているようだった。

よし、と決意して、勃起を握りしめて濡れた花びらにあてがうと、

「ああ……」

瑞希が泣きそうな目でこちらを見つめる。

濡れた瞳には、戸惑いやおびえや罪悪感が混ざっているものの、目の下は紅潮して欲情を隠しきれないでいる。

亀頭を押し進めても、拒むこともできないまま、瑞希が息を詰めている。

（僕に貫かれることを想像して……エッチな顔をしてる……）

ソファに横たわる瑞希に、正常位で肉棒を挿入していく。

「ああンっ……」

亀頭が埋まった瞬間、瑞希の愛らしい顔が喜悦に歪んだ。

(瑞希って、挿入されたときに、すげえいやらしい顔をするんだな……)

その様子を見ながら、瑞希をもっと困らせたくなった。

彰人は仰向けの瑞希を抱きしめると、そのまま起きあがらせて自分の方に引き寄せた。

そうして、自分の方がソファに仰向けに寝そべっていく。

「えっ？　ああんっ……だめっ……センパイッ……」

瑞希が彰人の上でまたがりながら、片手で顔を隠した。

「あっ……いやぁぁ……私が上なんて……！　は、恥ずかしいっ」

騎乗位は相当恥ずかしいらしく、瑞希は彰人に見せまいと、右腕で必死に顔を隠している。

その手を取り、わざと指をからませて恋人つなぎにする。

左手もだ。

こうすれば、瑞希が上になっても、顔を隠すことができない。

「わ、私っ……だめっ……これ……恥ずかしいっ。センパイが私の中にいるだけでも恥ずかしいのにっ」

「いいだろ。瑞希。可愛いよ。感じた顔を見せてっ」

「やんっ……言わないでっ……見ないでっ、あっ……あっ……」

騎乗位をいやがっても、下から突きあげれば、すぐに瑞希はいやらしく顔を歪ませる。

激しく突けば、形のよいおっぱいが、ぷるぷると揺れる。

「だめっ……あんっ……だめえええっ……」

だめと言いつつも、どうにも抗えない瑞希を見あげていると、彰人は猛烈に興奮した。

さらに蜜壺を穿《うが》つと、愛液のかき混ざる音が、じゅぷっ、じゅぷっ、と響き渡り、すべりがよくなって快感が増していく。

「あっ……んんっ……んっ……んっ……」

いよいよ瑞希が騎乗位でも、感じた声を漏らし始めた。

小柄だが、どっしりした尻の丸みと肉のボリュームがあるから、下から腰をぶつけると、パンッ、パンッと、小気味いい音が鳴り響く。

「あ……いい、いいっ……あんっ、すごいっ……センパイの……深くてっ……ああんっ……だめぇっ……だめぇぇぇ」

もう本性を隠すことなく、瑞希は甘い声を漏らして、信じられないことに淫らに腰を、くいっ、くいっ、と前後に揺らしてきたのだ。

「おおうっ！」

ペニスを根元が揺さぶられて、一気に尿道が熱くなってくる。

「す、すごいよっ……瑞希っ……」

下から見つめていると、瑞希はすぐに目をそらして、それでも腰を使ってくる。

(まさか僕とセックスするなんて……信じられないだろうし、きっと恥ずかしいんだな)

そのつらそうな、泣き出さんばかりの表情がたまらなかった。

何より、瑞希の小ぶりなおまんこの締め具合がよすぎて、こっちももうとろけそうだった。

ゆっくりなんてしていられない。

一気にスパートして、腰を突きあげれば、

「あっ、だめっ……ああんっ、そんなっ……は、激し……」

瑞希は困惑した声をあげ、顎をあげる。

しかしそういった戸惑いの声とは裏腹に、ますます腰遣いは淫らになる。

体臭も、発情した生臭い匂いも噎《む》せ返るほどに強くなっていく。

その匂いを嗅ぎながら、突きまくっていた。

そのときだった。

瑞希の全身が強張った。

涙目で見入ってきて、そして……。

「あ……あっ……ああんっ……だめっ……センパイっ……私……イクッ、イッちゃうう！」

ビクンッ、ビクン、と腰を激しく痙攣させ、瑞希は身体を強張らせる。

膣がギュッと締めてきた。

「ああ、み、瑞希っ……出る」

慌てて瑞希から抜こうとした。

だが……瑞希が両手の恋人つなぎをやめて、前傾して抱きついてきた。

「あんっ……出してっ……いっぱい出してっ……私の中にッ……」

「えっ！　い、いいのか……」

「いいよ……ああん……だって欲しいんだもんっ……」
瑞希が甘ったるい言葉を耳元でささやいてきた。
その瞬間、理性が切れた。
辛抱する間もなく、熱い男汁を瑞希の膣奥に向けて放出する。
（くううっ……さ、最高だ……瑞希と中出しのエッチができたなんて……）
どくん、どくん、と脈打つように性器がたぎり、熱い精液が放たれていく。
頭の中が真っ白になる。
昔から可愛いと思っていた後輩と、こんなことになるなんて……。
《この秋、最良の出会いあり。隣人に積極的にいけば幸あり》
おみくじをふと思い出す。
そういえば、大学時代は瑞希が隣によくいたっけ。
またも当たりだ。
そんなことを思いつつ、瑞希の中にしぶかせていた。

第四章　バーで出会った可愛い熟女

1

（うまくいかないもんだなぁ……）
彰人は会社からの帰り道、昨日のことを思い出して、また、ため息をついた。
友達だった後輩の瑞希と身体の関係になった。
そのことはいい。
最高だった。
何せ拒んでいたくせに、瑞希は最後には、
《出してっ……いっぱい出してっ……私の中にッ……》
と、中出しをせがむほど、欲望に溺れきったのだ。

無理矢理ではない。瑞希からも「欲しい」と言わせたのは、男として誇らしい気分だった。

問題はそのあとだ。

今朝、起きてみると、

「すっきりしたわ。これでカレシとちゃんと結婚できそう」

「ふえ？」

瑞希にあっけらかんと言われて唖然とした。

（昨夜、僕に抱かれてあんなに濡らしてメロメロになって、ヨガりまくったのはなんだったんだよっ）

女というのは、本当にわからない。

一晩で、いや、一回の浮気セックスでこんなにも変わるもんなんだろうか。

（もしかしたらカレシと別れて、僕のところに来るかも……なんて思っていたのになあ……）

あのおみくじに導かれるようにウハウハな体験は続くものの、しかし、恋愛に発展するようなことはなくて悦びきれずにいたのである。

（でも、まあ瑞希のマリッジブルーを解消できたんだから、いいか）

瑞希がこれで、結婚生活がうまくいくなら何よりだ。

モヤモヤした気持ちだったので、飲んで帰ろうかなと、彰人は会社の近くのバーに立ち寄った。

そのバーは、階段を下りた地下にあって、こじんまりしていて落ち着いたいい店だった。

（あれ？）

その日は珍しく店内が混んでいた。これほど客が多いのは初めてだ。

「結婚式の二次会終わりで、団体さんが流れてきたんです」

入口付近でぼうっと立っていると、マスターが近くにきて声をかけてくれる。

「入れます？」

「カウンターが空いてますよ、ひとつだけ」

見渡すと暗がりの中で、確かにひとつだけ席が空いていた。

（あれは……）

その隣に、何度か見かけたことのある女性が座っていた。

その女性はいつもひとりで来ており、たまに彰人と目が合えば、小さく会釈するくらいの間柄である。

印象では、自分よりは年上で三十代くらい。

だが、大人っぽくて落ち着いた雰囲気ではあるものの、マスターとの会話では可愛らしい少女のような笑顔も見せている、とても魅力的な女性なのだ。

一度でいいから話しかけてみたいと思ってはいたのだが、もちろんそんな度胸など彰人にはなかったから、無条件で隣に座れるなんて今夜はラッキーだ。

彰人は座ると、隣の彼女が親しげにニコッと微笑んでくれた。

(覚えていてくれたんだっ)

気さくな笑顔をされたら、奥手の彰人も勇気が出せる。

「珍しいですよね、ここがこれほど混むなんて」

思いきって話しかけてみる。

彼女はいやな顔もせずに、笑みを見せながら答えてくれた。

「ちょっとひとりだけ浮いていて、どうしようかなと思っていたの。だから、あなたがいらっしゃってよかったわ」

ホッとした様子から、本当に居心地が悪かったんだなと感じる。

石田彰人と名を告げると、彼女は遠野《とおの》小春《こはる》です、と、しっとりした声で名を教えてくれた。

住んでいるのはここから離れた閑静な住宅街だという。

仕事はＩＴ関連ということだが、洗練された身なりから、わりと給料のいいところに勤めているんではないかと思われた。

それとも旦那の稼ぎがいいかなと思ったのだが、ひとりで飲みに来ているのを見ていると、もしかすると独身ではないかなと淡い期待もある。

彼女はセレブな雰囲気を漂わせていても、気取った様子はなかった。気さくな話し方も好印象だ。

（しかし、年上みたいだけど、可愛らしい人だな）

肩までのさらさらのボブヘアと、猫みたいなくりっとした大きな黒目が魅力的だ。

ワイングラスを傾ける横顔は、可愛らしさと色っぽさが同居していた。

（いくつなんだろうか……年を訊くのもなあ……）

タイトミニと白のブラウスという格好は、若々しさを感じる。

けれども以前見たときの、タイトミニの布地越しに見える悩ましい腰つき、そして肉づきのよいプリッとしたヒップは、過剰なまでの熟れっぷりと息苦しいほどの色香にあふれかえっていた。

細身だが、女らしい太もものムッチリ具合には、若い女性にはない熟れた肉体の魅力があるように思えて、どうも年齢がわからない。

「ウフフ。石田さん、何を飲まれるの？」

「えっ？　……あ、ああ」

小春をいやらしい目で見ていた彰人は、慌ててメニューに目を通してから、彼女を見た。

「あの……それは何を飲んでるんですか？」

彼女のワイングラスには赤ワインがつがれている。

このバーは、グラスワインだけでもいくつか種類を置いている。

「これ？　チリのワインなんだけど、果実の味がしっかりしていて、すごく美味しいのよ。ほら、ここ……」

彼女が身体を寄せてきて、メニューを指差した。

フルーティな甘い呼気、それに甘ったるい香水に混じった柔肌の香《かぐわ》しい匂いが押し寄せてきて、彰人は一気に身体を熱くしてしまう。

「あっ……ごめんなさい」

小春は近すぎたのに気付き、恥じらうように赤くなって身体を離す。

（いいえ、いいんですよ、そこまで信頼してくれるなら……）

ますます彼女の人となりが知りたくなった。

マスターがワインを出してくれたので、乾杯してグラスを呷る。

「あ、美味しい」

「ウフフ。でしょう？　これね、安く手に入るから家でも飲んでるのよ。ひとりだとついつい量が増えちゃうけど」

小春はうれしそうに言って、大きな目を細めて自分のグラスに口をつける。

（ひ、ひとり？）

もしかして独身か？

「家飲みは、確かに量がいっちゃいますねえ。旦那さんがストップかけてくれたりとか？」

かまをかけてみた。既婚かどうか確かめたかったのだ。

彼女はちょっと困ったような顔をして、

「旦那は一緒に飲んでくれないの」

と、あっさり人妻であることを伝えてきたので、彰人は心の中で「ううっ」と嗚咽《おえつ》を漏らした。

（まあ仕方ないか、こんなに可愛らしくて、性格もよさそうな人だし……フリーなワ

ケがないよな）

だが、夫婦円満ということでもなさそうだ。

でなければ、ちょくちょく深夜のバーでひとり飲みするわけがない。

寂しそうな横顔が、夫婦仲の冷え切った感じを醸し出している……気がする。

「石田さんは、家で飲むのかしら。あ、それとも奥さんが」

「僕は独身ですから、家でひとりでちびちびと飲んでますよ。それか、ここに来て飲んでます。マスターと話すのも楽しいし」

マスターの方を向くと、物静かな彼はニコッと笑う。

その笑顔が、なんとなくふたりの間をいい雰囲気にさせてくれたので、さすがマスター、と言いたくなった。

「独身なのね。いいわねえ」

小春がグラスを置いて、ふう、と嘆息する。

あっさり既婚者だと言ったものの、今の寂しそうな顔が本当なら、やはり夫婦円満というわけではなさそうだ。

（それにしても、可愛い人だなあ）

黒髪のボブヘアから甘い匂いが漂い、くりっとした黒目がちの大きな目は、吸い込まれそうなほどキレイだ。

小柄でスレンダーで、ギュッとして腕の中に包みたくなるタイプだ。

（これで人妻かあ……）

彼女はワインをおかわりした。

酔うほどに無防備になっていくので、彰人はますます意識する。

意外ときわどい話もしてくるし、さらりと手や腕に触れてくる。

さらには高いスツールに座っているから、タイトミニスカートの裾がますますズレあがって、ぬめ光る肌色のパンティストッキングに包まれたムチムチの太ももが付け根あたりまで見えてしまっていて、彰人はドキドキしっぱなしだ。

「ごめんね、ちょっとお手洗い」

ついには小春がスツールを降りるとき、股間に食い込むパンティが見えた。パンストのシームの奥にあるパンティは白だった。

（み、見えたっ……し、白か……）

可愛らしくも色っぽい小春が、白いパンティを身につけているとは意外だった。

清楚で可憐な彼女に似合っていたけれど、なんとなく紫とか黒とかをイメージしていたのだ。

（ああ、エッチな雰囲気がするなあ……いいなあ……人妻だけど、でもこんなに可愛いのは犯罪的だよ……）

もう頭がピンク色に染まっていた。

瑞希とのことは、早くも頭から消え去って、小春のことでいっぱいだ。

2

小春は、ちょっと時間が経ってから、戻ってきた。

足元がおぼつかないし、頬が赤く染まっている。くりくりした瞳がとろんととろけて、やはりかなり酔っているようだ。

「もうっ。お手洗いに行ったら、酔った男の人にからかわれちゃった」

スツールに座った彼女は、口を尖らせ、ちらりと背後を見た。

結婚式の二次会という団体は、かなり盛りあがっている。

「かなり酔ってるみたいですもんね」

小声で言うと、小春も声を潜めた。

「お姉さん、エッチな脚してるね、だって。セクハラよね、おばさんをからかうにもほどがあるわ」

「いやいや、おばさんなんて。向こうの団体さんたちからしたら、若いお姉ちゃんだと思ったんでしょう」

小春が自虐的に「おばさん」と言ったのだと思った。

しかし、小春は赤い顔をして苦笑した。

「石田さん、私のことといくつだと思ってるのかしら。今年、四十よ、私」

「は？」

思わず、小春の顔を凝視してしまった。

「四十……？　えっ、ウソでしょう」

「あらうれしい。いくつに思われたのかしら？」

小春が妖艶な目を向けてくる。

うっ、と息が詰まる。

まるで小悪魔的な可愛らしさで、とても四十歳には見えなかった。

なんとなく年上だろうなと思ってはいたのだが、まさか十以上年の離れた熟女だったとは……。

「さ、三十歳くらいかと。僕と同い年とか、それくらいかなと思ってました」

正直に言うと、小春はにっこり笑った。

「じゃあ、石田さんは三十歳？」

「二十九です」

彰人の年を訊いて小春が目を細める。

「二十代？　わかーい。私よりひとまわりも下なのね」

「み、みたいですけど、でも小春さんだって……おばさんなんて、全然見えないですよ。若くて可愛らしくて」

言ってから、あ、と思った。

「すみません。遠野さんで……」

「いいわよ、小春で。うれしいわ、私ってもう女としての魅力が、だいぶ薄れたなあって思ってたんだから。小春でよくってよ」

小春が身体を寄せてきた。

大きな瞳が潤んでいる。どくんっ、と心臓が早鐘を打つ。

(こんなに可愛い四十歳って、マジで反則だよ……)

社内にも四十代のＯＬが大勢いるが、みな、年相応のおばさんだ。

だが横にいる小春は……初々しくて、少女ような可愛らしさも兼ね備えている。

「女としての魅力が薄れたなんて、そんなことありませんよ。す、素敵ですよ、小春さんっ」

思いきって言った。

身体が熱くなる。

声がかすれたのが恥ずかしかった。

言い慣れていないからだ。

そんな間の抜けたような口説き文句に、小春は「やだ」と、照れながら肩を叩いて、クスクス笑う。

「ありがとう。でも残念ながら四十歳だけどね」

「そ、そんなの……関係ありませんよ、魅力的ですから」

視線が交錯すると、全身がカアッと熱くなって、耳鳴りするくらいに鼓動が大きくなって息が詰まる。

今夜は、まわりが全員団体客というのが大きかった。

まるでふたりだけが取り残されているようで、だから必然的に親密度が増していくのだ。

「ウフフ。ホント？　じゃあ、さっきの視線。間違いじゃなかったのかしら」

「視線？」

きょとんとして訊くと、彼女は赤ら顔でイタズラっぽい笑みを漏らして、目を細めてきた。

「……ねえ、私の下着、見えたんでしょ、さっき。視線と表情ですぐにわかったわ。彰人くん、鼻の下を伸ばしたもの」

「えっ」

ギクッとした。

「そ、それは……」

反論できなかった。

スツールから降りたときに、魅惑のデルタゾーンをばっちりと見たのは間違いなかったからだ。

しかし、彼女はそれを咎めるでもなく、苦笑しながら顔を耳元に寄せ、

「ウフフっ、エッチ……」

耳元でささやかれて、股間が一気に熱くなった。

信じられないくらい可愛らしい四十歳。

初々しくも、可憐でも、おそらくベッドでは若い娘にはない濃厚な色香を振りまい

てくれそうな、魅惑の人妻だ。

（くうう、ヤリたい……も、もう一軒行かないかな）

スマホの時計を見る。

深夜十二時をまわっている。

なんといっても彼女は人妻だ。

いくら夫婦仲が冷え切っていたとしても、深夜を過ぎても飲み歩くのはどうかと思われる。それでも誘いたかった。

「あ、あの……」

会話が途切れたところで、彰人は切り出した。

「小春さん、その……」

でも、どうしてもその先が続かない。

人妻に「もう一軒」というのは下心がありすぎるし、何よりも彼女が迷惑すると思ったからだった。

（初めて会った人妻に、終電逃しはまずいよな……でも……）

もしかしたらという気持ちが芽生《めば》えていた。

ここのところ、あのおみくじのお陰なのかわからないが、手の届かないような高め

の女性たちから、

《帰りたくないの》

と、魔法の言葉を言われ、いい思いをし続けてきたのである。

彼女も言ってくれるのではないかと期待していると、

「……出ましょうか、そろそろ」

小春は少したためらいながら、そう口にした。

「えっ、あ……そうですね」

彰人も、ついつい同調してしまう。がっかりした。

(言えないよな……次の店に行きませんか？　なんて……)

それほど何度もラッキーが続くはずがない、と諦めつつ立ちあがったときだ。

小春もスツールから降りたのだが、脚をふらつかせて、彰人に抱きついてきたのである。

「あ、危ないっ」

反射的にギュッと抱きしめると、小春の胸のふくらみを身体に感じた。

それほど大きくないものの、女らしい十分な丸みがある。

しかも彼女は小柄だ。

彰人の腕の中に入るほど華奢《きゃしゃ》なのだが、二の腕も腰つきも見た目に反して柔らかくて、女らしかった。

(細身なのにわりと肉付きがいい……これが熟女の魅力か……)

若い女とはまた違う、ほどよく熟れた身体の抱き具合がたまらない。

顔立ちは可愛らしいのに、身体つきは熟れきっている。

たまらなくなって、思わずギュッと抱きしめてしまうと、

「ねえ、彰人くんっ……ウフフッ……だめっ」

腕の中にいる彼女が困ったような、恥ずかしがるような上目遣いで見つめてきた。

そのキュートで色っぽい目つきに、彰人はキュンとなった。

(か、可愛すぎるだろうっ！)

もっと強く抱きしめたかったが、ここはバーの中だ。

客はみな盛りあがっているから、じろじろ見てくる者はいなかったけれど、やはりモラルというものがある。

「終電、間に合いますかね」

後ろ髪を引かれる思いで言ってスマホの時計表示を見せると、彼女は「あっ」と小さく声をあげた。

「やだ……多分、終わってるわ」

小春は、ハア、とため息をついた。

彰人は申し訳ないが心の中で悦んだ。

（ぬおお、ラッキー……でも、タクシーがあるか……）

話を聞いていると、小春には経済的な余裕があるようだった。家が遠くともタクシーをケチるような感じではない。

だが、小春は少し考えてから、

「ねえ、彰人くんの終電は？」

と、訊ねてきた。

「僕は、あと一時間くらいです。でも、ここから家は近いので、タクシーでも」

「それなら、別のところで飲まない？　私、どうせ終電ないし……」

小春の方から誘われて、彰人は心の中でガッツポーズした。

「い、いいんですか？　それじゃあ……」

と、考えて遅くまでやっている居酒屋やバーを考えた。

でも、最近は知っている店はみな、早めに閉めてしまう。開いているとわかっているのはチェーン店の安居酒屋だ。

（ま、まあいいか、そこしかないんだし……）

しかし、小春がギュッと手をつないできたので、頭の中で考えていたことが一気に消え去った。

「あ……」

「ウフフッ……どこに行く？」

くりっとした目でまた、上目遣いをされた。

だめだ。

小春の上目遣いは、身をよじりたくなるほど可愛らしくて、もう正気ではいられなくなる。

考えた。

彼女は人妻だけど寂しくて、こちらに好意めいたものを持っている。

ボディタッチも激しいし、なんなら手を握ってきたり、寄りかかってきたりしているのはもう《帰りたくないの》というサインではないか。

「こ、小春さんっ」

「ん？」

彼女が手をつなぎながら、ウフフと笑った。

「なあに？」

「よ、よかったら……ぼ、僕の、僕の家で飲みませんか？」

「えっ？」

小春が驚いたように、目を丸くする。

もちろん大人の男女が家に誘うというのは、ただ飲むだけではないとわかっているからこそ、小春は驚いたのだ。

「私……でも……」

小春は戸惑い、恥ずかしそうに顔を赤らめながら目を泳がせている。

だけど手は握ったままだ。

そして、さらに強くギュッと握ってきたので、彰人はさらに押した。

「そんなに遠くないですし……そ、それに、ワインも何本かあるんです。美味しいのが」

とにかく躍起だった。

その懸命さが滑稽だったのか、小春がクスクス笑った。

「うん……でも私……四十よ。あなたとひとまわり違うのよ」

その言葉は、こっちを試しているように聞こえた。

十以上も離れた年上の人妻を、抱けるのか、と。

彰人は力強く頷いて、ギュッと手を握り返す。

小春は頬を赤く染めて、どうしようかと逡巡していたが、やがて困り顔をしつつも頷いてくれたのだった。

3

彰人のマンションは、バーの近くからタクシーで十五分程度のところだ。

タクシーの後部座席にふたりで並んで座っていると、心臓の音がどんどん大きくなって、脇汗がにじみ出てきていた。

(おおお、落ち着けっ。瑞希も来たんだ。女性が来るのは初めてじゃない)

と、自分に言い聞かせる。

マンションに着いてエレベーターで上がり、部屋のドアを開ける。

「ど、どうぞ」

中に入って言うと、小春はためらいつつもパンプスを脱いで、彰人が用意したスリッパを履いておずおずと中に入ってくる。

リビングに入ると、小春は恥ずかしそうに、もじもじとし始めた。

(今日初めて会った男の家にあがったんだもんなあ……しかも深夜に……)

可憐で可愛らしいが、小春は若い娘ではない。

四十路《よそじ》の人妻が、独身の男の家にあがるというのは、もちろんただ一緒に飲むだけでないことはわかっているはずだ。

所在なさげにしていても、彼女の大きな目は濡れていた。

頬をねっとり赤らめて、タイトミニの裾をつまんで下げようしている仕草が、男の欲情をそそる。

(お茶でも……いや、待てよ……)

間を取ると、このままグダグダしてしまいそうな気がした。

(彼女は間違いなく、わかってるはずだ。瑞希のときも、それでいけたんだ)

彰人はいきなり小春を抱きしめ、唇を奪った。

「んぅぅ……うんんっ……」

小春は腕の中で藻掻《もが》いている。

いやがっているものの、そこまで強くは抗わない。

浮気することに戸惑いつつも、欲情しているのは間違いない。

彰人は角度を変えて、小春の口を吸い、舌をからめていく。

アルコールの甘い呼気や唾を味わいつつ、ブラウスやタイトミニの上から、小春の身体をまさぐった。

（ああ、小春さんって細くて体型も幼い少女みたいなんだな……なんか、いけない気持ちになる……）

ちょっと驚いてしまった。

小春の身体は、思った以上に華奢だった。おっぱいのふくらみやお尻の丸みもひかえめだ。

だけど、凹凸は少ないけど、全体的に肉付きはいい。

腰まわりも二の腕も、ぷにぷにとして柔らかく、抱き心地が素晴らしい。

（幼児体型のアラフォーなんて、背徳感がすさまじすぎるっ）

彰人は猛烈に興奮した。

もちろん幼女趣味の性癖はないけれど、可愛らしい熟女が、幼い身体つきをしているると妙な興奮を覚えてくる。

「ああんっ、こんなっ……いきなりなんてっ……私……」

小春はキスをほどき、彰人の腕の中でうつむいた。

「す、素敵ですよっ。小春さんっ」

言いながら、さらにヒップを撫で、ブラウスの上から胸元をまさぐった。

とたんに小春は、せつなげに眉根を寄せる。

「あんっ……ねえっ……私、おっぱいもお尻も、ちっちゃいのよ……彰人くん、がっかりしたでしょう？」

小春が恥ずかしそうに言う。

「そんなことありません。すごくキレイです。可愛いですっ」

夢中で小春をソファに押し倒してキスしながら、白いブラウスのボタンを外していく。

「んううん……ううん……」

口唇のあわいに舌を差し入れると、今度は少しひかえめにだが、小春の方からも舌を差し出してきた。

その舌をからめ取り、チューーッと吸いあげれば、

「んンッ……ンウウッ」

小春は顔を真っ赤に染めあげて、目をギュッと硬くつむる。

「く、苦しかったですか？」

慌ててキスをほどくと、小春はこくんと小さく頷いた。

「大丈夫だけど……ああんっ、彰人くんが、こんなにエッチなキスをしてくるなんてっ、驚いちゃった」

大きな目を、うるうるさせている小春にキュンとなる。

（やべえ、マジで可愛いな……）

これほどまでに可愛らしいアラフォーは反則だと思った。

ブラウスをはだけさせて、白いブラジャーをズリあげる。

（お、おっぱい……確かに小さくな……）

小春の乳房のふくらみは、まさにロリータのそれで、ぷくっとした小さなふくらみが、男の手の中にすっぽり包めそうなくらいだ。

「ああんっ、いやああああっ……」

胸を露わにされた小春は、両手で抱えるようにして乳房を隠す。

AやBカップの女性は、胸にコンプレックスを抱えていると言うけど、まさにそうだ。

だが、そのコンプレックスが可愛らしくてたまらない。

「か、隠さなくていいじゃないですかっ」

小春を組み敷きながら真顔で言えば、

「だ、だって……」

と、泣きそうな顔の熟女が、色っぽかった。

彰人は手を伸ばして小春の手を引き剝がした。

肉が柔らかいが腕自体は細く、まったく力がないのも女の子っぽい。両手を押さえつけてみれば、

(おうっ)

小ぶりなおっぱいを見て、彰人は身体を熱くしてしまう。

乳首が淡いピンクだったのだ
白い肌に、透明感のある薄ピンクの乳首は、清楚な処女のようで彰人はくらくらした。

「キ、キレイですっ。すごいキレイなおっぱい……」

彰人は乳房を撫でながら、乳頭部を指でいじくった。

すると、

「あんッ！」

いきなり小春は全身をビクッと痙攣させて、まるで電流でも走ったかのように背を

のけぞらせる。

「び、敏感なんですねっ」

驚いて言うと、小春は口惜しそうに唇を嚙みしめてから、

「そ、そんなことないわっ……ああ、だめっ……」

と、真っ赤になって反論するも、彰人が続いて乳首を指で転がせば、

「くううっ……ううんっ……」

と、くぐもった声を漏らして、身悶えをひどくするのだ。

（やっぱり巨乳よりも感度がいいのかな……？）

都市伝説みたいなことを思い浮かべつつも、乳首でこれだけ感じるならと、彰人は身体をずりずりとズリ下げていき、タイトミニの太ももに右手を這わせていく。

（おおっ……）

細いと思っていた太ももだが、開き気味にしてみれば意外なほどムッチリしていて熟女らしさを感じられる。

（エ、エロいじゃないかよっ）

彰人はたまらなくなって、小春の両脚を乱暴に開くと、

「いやぁん……」

肌色のストッキングに透ける白いパンティが丸出しになり、小春は大きな目を引きつらせて、四十歳とは思えぬ恥じらい顔を見せるのだった。

4

(むううっ……ムンムンだっ、ムンムンしてるっ。すげえ匂うじゃないかっ)

小春のタイトミニをまくり、卑猥なM字に開脚させてナチュラルカラーのストッキングと白いパンティに包まれた下腹部を丸出しにすると、いやらしい匂いがした。人妻の色香が匂い立つような、むわっとした熱気に、彰人の股間はますます充血してしまう。

「いやあんっ、だめっ……そんなっ……」

両脚を開かされた小春は、イヤイヤと首を振る。

可愛らしい顔と卑猥な下半身のアンバランスさがエロい。

「すごいっ……エッチじゃないですかっ……」

鼻息荒く、ざらつくストッキング越しの太ももを揉みしだく。

若い娘の弾けるような太ももの張りつめ具合とはまるで違う、指が沈み込むようなとろけ具合だ。

たまらずに、さらに指で太ももの付け根をやわやわと揉めば、

「あっ！　やんっ……」

と、くすぐったそうに腰をよじるので、白いパンティがさらに股間に食い込んでいき、猥褻なワレ目すら浮きあがらせている。

パンストとパンティの上から恥部を指で撫でると、早くも指先に生々しい熱気が伝わってくる。

（ムレムレだっ……小春さんのアソコが、ムレムレしてるっ）

思わず、白いパンティが食い込んでいる部分に顔を埋めていけば、

「ああんっ、そんなっ……いやっ……」

恥ずかしい部分を、すりっ、すりっ、と頬ずりされた羞恥に、小春はせつなげな悲鳴をあげて脚を閉じようとする。

「いやっ、彰人くんっ……エッチ……ッ……ああん、だめぇっ」

小春は耳まで真っ赤になって、訴えてくる。

（恥じらい方が、どうにも可愛いな……この人……）

ますます興奮し、鼻先でパンティをこすりまわせば、ムンムンとした熱気と汗ばん

だ強いキツい匂いがさらにツーンと漂ってくる。

今日は会社帰りと言っていた。

ということは、今日一日、ずっとパンストとパンティは穿いていたのだから、一日の汚れや汗がこびりついているはずである。匂うわけだ。

それだけじゃない。

(ま、待てよ……この獣じみた生々しい匂いは……)

汗の匂いに混じり、発情したおまんこの匂いが強くなってくる。

匂いばかりではない。

鼻先にじんわりとした湿り気も感じる。

「た、たまりませんよっ、ああ……湿り気も感じる」

「いやっ、そんなこと言わないでっ……ああん、だめよ、もうだめぇ……」

小春はいやがっているが、しかし、女のワレ目をしきりに鼻先や指でなぞりまわしていると、徐々に様子が変わってきた。

先ほどまで閉じようとしていた両脚は緩み、M字開脚というあらぬ格好をさせられても、それを閉じようとはしなくなったのだ。

「いいんですね。感じるんですね」

股間をねちっこく撫でまわしながら訊けば、彼女は「いや」と連呼するも、甘ったるい匂いは強くなるばかりだ。

(ああ、み、見たいっ)

彰人はムッチリした太ももを撫でながら、もうガマンできないとばかりに、乱暴にパンストとパンティを一緒くたに丸めて脱がしていく。

「いやぁぁっ！」

真っ赤になった小春が、恥部を隠そうと手を伸ばしてきたが、その手を引き剝がしてマジマジと剝き出しの股間を眺めた。

(おおっ……これが、小春さんの……)

驚いたのは、黒い恥毛がうっすらとしか生えていなかったことだ。

だから、恥ずかしいワレ目がほぼ丸見えだ。

ピンクの花びらは大ぶりで、いやらしい色艶に濡れ光っている。

こんもりした肉土手も上品で、薄すぎる恥毛と相まって陰部の幼なさが、清らかさを演出する。

「か、可愛いですっ。小春さんのおまんこっ……」

「あぁん、いやらしいこと言わないで。じっと見ないでっ」

小春は非難の声をうわずらせるが、少女じみた恥部に魅力を感じて、見ないわけにはいかなかった。

彰人はそっと親指と人差し指をワレ目にあてがい、ぱっくりと小春の花ビラをくつろげる。一枚一枚がしっとり濡れて、今まで以上にムッとするようなキツい匂いを放っている。

「ああんっ！　だめったらっ」

さすがに恥部を覗き込まれるのはつらいらしい。

脚を閉じようとするので、彰人は太ももの裏側をつかんで、がっちりM字にさせたまま、蜜を舌で拭うように舐めあげた。

すると、

「あああッ！」

びくっ、びくっ、と、小春は背中をのけぞらせる。

(やっぱり感じやすいんだな)

感じ方が色っぽくて、ますますクンニに熱がこもる。

ねろねろと舌先を横揺れ、縦揺れさせ、しかも強弱をつけて舐めれば薄桃色の粘膜はさらに濡れてきて、ツンとする味も強くなる。

（な、なんだこの愛液の味は……）

酸味の強い、しかも粘着性の強い愛液だった。

おまんこの見た目は清らかでも、中身の匂いや愛液の味は、成熟した人妻に似つかわしい濃厚な味わいだ。

「あぁ……いやぁぁ……だ、だめぇぇ……」

小春はイヤイヤと首を振っていたが、舐め続けているとどんどん新鮮な蜜があふれてくる。

もう小春の濃厚な味わいが舌から取れなくなるのではないかと思うほど、強烈な味だ。

「ハア、ハア……こ、小春さんっ、いやなんて言って、もうぐっしょりじゃないですか。味も匂いもすごいや……」

口のまわりを蜜まみれにしながら、小春を見る。

小春は汗まみれで顔を羞恥で真っ赤にさせて、睨んでくる。

「い、言わないでってばっ。そんなこと言わないでっ……はうううっ！」

いきなりひときわ大きなヨガりを見せたのは、彰人の舌がクリトリスをとらえたからだった。

包皮を被った真珠のような粒を、舌の先で転がすと、

「あんっ！　はああんっ……あああっ……ねえ、待って……ああん、それ……もう許してっ……」

息を弾ませながら、くりっとした目を潤ませて、懇願してくる小春の可愛らしさといったら……。

（なんなんだよ、この四十歳は……可愛すぎるだろ……）

ブラウスをはだけて、小さなおっぱいを露出し、タイトスカートもまくりあげた破廉恥な格好だ。

恥ずかしがるのも当然だろう。

だが、小春の淫らな本性も見たくなった。

可愛らしいルックスでも、小春は四十歳の人妻。

セックスに没頭すれば、きっともっと乱れてくるはずだ。

許して……と言うくらい感じているなら、ここがいいんだろうと、狙いを定めてクンニを続けると、

「あんっ、あっ……あっ……はあんっ……だめってば……それ……あっ、あうんっ……うふんっ……」

いやがりつつも、甘い声も混じり始める。

今度は小春をうつぶせにさせて、タイトスカートを腰までまくりあげる。

（おおうっ、可愛いお尻っ）

小気味よく盛りあがった真っ白い生尻は、これまた少女のように、ひかえめなボリュームだった。

「ああっ……な、何っ……何をしてるのっ」

小春がうつ伏せのまま、顔だけを振り向かせて狼狽えた声をあげる。

「可愛いお尻ですね」

言いながら、じっくりとヒップを撫でまわす。

もっちりした尻肉の感触を楽しみながせら、左右の尻たぶを両手でぐいと開けば、シワのある小さなアヌスがそこに息づいている。お尻の穴も可愛らしい。

「あっ！　な、な、何をしてるのっ……いやああっ……！」

小春が目を剝いて、悲鳴をあげた。

セピア色のアヌスを舐められたのだ。

「ひっ！　あああっ……だめぇ、そんなのっ、そんなのだめぇ！」

彼女は首を振り、髪を振り乱して抗うように尻を揺らす。

わずかにピリッとした味が舌につくが、いやな感じはない。むしろ、こんな可愛い人のお尻の穴ならずっと舐めていたいほどだ。

彰人は尻穴を舐めしゃぶりつつ、さらには右手を前方のワレ目に当てて、おまんこをいじくり、左手を伸ばしておっぱいも愛撫してやる。

三カ所の同時責めだ。

「だ、だめっ……ああん……だめぇぇぇ……」

花園をなぞる右手は小春の愛液でぐっしょりだ。

小さな乳首もピンピンに尖りきって、小春の興奮を伝えてくる。

さらに執拗なアヌス舐めを続けていると、いよいよ小春は、

「あっ……あっ……」

と、抑えきれない女の声を漏らし、ついにはソファの上でうつ伏せになりながら、腰をもどかしそうにくねらせ始めた。

(おおうっ、いやらしい腰の動きっ)

感じてくれてるのがうれしい。さらに彰人は膣穴に、ぬぷーっと指を沈み込ませていく。すると、

「ああああっ……!」

アヌスと膣のふたつの穴を同時にほじくられて、小春が今までになく、甲高い声をあげる。

「だめっ……ああんっ、彰人くんっ……そ、そんなのっ……だめぇえっ……！　そんなにしたら、私、イッちゃうっ……イッちゃうよぉ……！」

「い、いいですよっ、イッてっ、イッてくださいっ」

さらに三カ所責めを続けると、小春は、ビクンッ、ビクンッと大きく痙攣した。

「イクッ……イッちゃぅぅ……！　はああっ……アアッ！」

正気を失ったかのように、小春は絶叫した。

5

（す、すげえな……）

彰人はソファでぐったりしている小春を眺めながら、呆然としていた。

乱れた小春の声といったら、ＡＶ女優顔負けの激しさだった。

小春はやがて汗ばんだ身体を起こし、乱れた髪を掻きあげながら、くしゃくしゃになった涙目を向けてくる。

「ああん、彰人くんのいじわるっ……だめっていってるのに、あんなに恥ずかしいところばっかり責めるんだから……」

小春は顔を紅潮させて、拗ねたような可愛い仕草をする。

ごめんね、よしよしと頭を撫でたくなるくらい、愛らしい四十歳だ。

「ずっと責められて……恥ずかしいんだよ、私ばっかりイカされるなんて」

小春は泣きながら、彰人の全身をじろじろ見てきた。

ハッとした。

彰人はまだ、パンツどころかズボンすら脱いでいなかったのだ。

小春が胸をはだけられて、下半身すっぽんぽんにされて、お尻の穴のまでさらけ出したのとは対照的であった。

「す、すみませんっ、こ、興奮しちゃって……」

慌ててシャツもズボンもパンツも下ろすと、汁でべとついた男根が、ズキズキと脈動して臍までつきそうなくらいにそりかえっていた。

小春もブラウスを脱いで、引っかかっていたブラを外し、タイトミニも下ろして生まれたばかりの姿になる。

（ホントに身体つきは女の子みたいだな）

真っ白くて、発育途中のような、ぷっくりしたおっぱいに、ひかえめなヒップ。

だが、少女と違うのは、華奢に見えるのに抱きしめるとやたら丸っこくて、ぷにぷにと柔らかいのだ。

（なんか……いけない気持ちになるよな……）

じっくり眺めていると、小春も股間に見入ってきた。

「私の、こんな貧相な身体でも……興奮してくれるのね……うれしい……」

「貧相だなんてっ！　可愛いです。マジで可愛いですっ」

「ありがと、ウフフ。ねえ、今度は私の好きにさせて」

まさに熟女の本領発揮というように、慣れた感じで彰人にキスをしながら、今度は小春の方から床に押し倒してきて、ベロチューをしかけてくる。

「ううんっ……うふっ……ううんっ」

小春からのベロチューは、脳みそがとろけるほど濃厚だ。

小さなざらついた舌が、歯茎や頬の内側の粘膜をくすぐってきて、ますます股間がいきり勃《だ》つ。

「……エッチ……」

キスをほどいた小春が、下腹部のたぎりを感じたのだろう、頬を赤らめながらイタズラっぽく見つめてくる。

そして……。

(えっ？)

小春が勃起をつかみ、そこをめがけて腰を落としてきたので彰人は目を丸くした。

(き、騎乗位っ？　いきなり……？)

亀頭部が、濡れた花びらに触れて彰人は息を止める。

「んっ……ンンン……」

小春もせつなげに声を絞りつつ、さらに腰を落として肉棒をずぶずぶと咥え込んでいく。

(あああ、小春さんの中に入っていく……)

猛々しい肉竿が、幼い体型の中に入っていくのを見るのは、今までの豊満な女性とのセックスとはまた違った興奮が味わえる。

「ああんっ……お、おっきいっ……」

小春は髪を振り乱し、眉根を寄せたいやらしい表情をする。

さらに小春は腰を落としきると、

「ああっ……はああんっ……ふ、太いっ……太いわっ」

幼い裸身を震わせて、小春は上に乗って大きくのけぞった。

(むううっ、なんだこりゃ、せ、狭いっ)

もちろんペニスが膨張しているのもあるが、ぴったりと密着した結合感が目もくらむほど気持ち良かった。

先ほど指を入れたので、キツいとわかっていたが、まさかこれほどまでとは……。

肉襞の締まりも濡れ具合も、まさに至福だった。

「た、たまりませんっ、たまりませんよっ」

彰人は本能的に下から突きあげていた。

すぐに、ずちゅ、ずちゅ、と淫らがましい音がして、小春の小柄な身体が彰人の上で跳ねあがる。

「ああんっ……いきなり激しいっ……ああんっ……」

激しい突きあげに翻弄《ほんろう》されつつも、彼女の方からも、くいっ、くいっ、と腰を前後に振り始める。

「くううっ、こ、小春さんっ……それっ……い、いいっ！」

目もくらむような快楽に、早くも射精しそうだ。

(な、なんて可愛い腰振りなんだよっ)

少女が大人の男を喜ばせようとしているような、犯罪的な光景だった。

そのくせ、結合部からあふれ出した蜜は、彰人の太ももをびっしょり塗らすほど大量で、漂ってくる獣じみたセックスの匂いも人妻らしく濃厚だ。

(可愛いっ……もっと、イチャイチャしたいっ)

彰人は上半身を起こし、小春を上に乗せたまま、小さな身体を包み込むように抱きしめる。

「えっ、な、何っ……」

戸惑う小春を尻目に、小春の脚を真っ直ぐにさせて腰の上で抱っこする。

女性を上にして、ふたりで向き合う対面座位である。

普通は女性を腰の上に乗せれば、その分、女性の方が高くなって女性から見下ろすようになるのに、彼女の場合は小さすぎて目線が同じになる。

視線がからむと小春は照れて目をそらしつつも、激しく腰を振りながら、ベロチューをしかけてくる。

(ああ、て、天国だ)

華奢な小春を腕の中に包みつつ、こちらもぐいぐいと腰を使う。

「んふっ、ううんっ」

小春はキスしながら、感じた声を喉奥から発している。

キスをほどくと、また視線がからまる。

小春の表情はとろんととろけて、色っぽい。

「もっと見せて……小春さんの感じた顔っ……」

見つめながら腰を穿つ。

「あんっ！　い、いじわるっ……やっぱりいじわるだわ、彰人くんって、いやん、見ないで、見ないでぇぇっ！」

「見ますよ、全部見ますよ、こんなに可愛いんだからっ」

パンパン、パンパンと肉の音が響くほど、下から遮二無二《しゃにむに》突きあげれば、

「ああああんっ……だめぇぇ……イッちゃうう！　私、またイッちゃうううよぉ……」

小春は歓喜の涙を浮かべて、またキスしてきた。

上も下も濃密につながっている。限界に近づいていた。

一刻も早く欲望を吐き出したいと、小春の中でズキズキ疼いている。

出したくて、さらに動かしたときだ。

「ああん、お、お願いっ……彰人くんも、彰人くんも、イッてッ……ねえ、ちょうだいっ……熱いのちょうだいっ……アアンッ……イクッ、イッチャウウウ」

彼女は甲高い声をあげると彰人の腕の中で吠えながら、腰を大きく痙攣させる。

オルガスムスの衝撃は大きかったのだろう。

彼女の膣内が、ギューッと収縮した。

射精間近の勃起が、その刺激に堪えきれるわけがなかった。

「くううっ……出るっ……出ますっ、おおお」

彰人も吠えながら、彼女を抱きしめつつ、小春の膣内に白濁液を浴びせていく。

目の奥がちかちかするほどの激しい射精だ。

小春を抱きしめていなければ、そのまま気絶したんじゃないかと思うほどの愉悦を感じたまま、彰人は長い射精を続けるのだった。

第五章　憧れの先輩と同窓会で

1

新潟駅に着き、彰人は大きな荷物を持ったまま駅前の路地を歩いていた。

（やっぱ寒いな、こっちは……）

シャツにデニムというカジュアルな格好だが、上にもう一枚何か羽織ってくればよかったと思った。

彰人の出身は新潟だ。高校までここにいた。

今日は、高校の部活のＯＢ会のために久しぶりに新潟にやってきていた。

彰人は高校三年間、バスケをずっとやっていたのだが、彰人が一年で入ったときの二年、三年生とは男女問わずとても仲が良く、そのときにいた部員だけでのＯＢ会が何度か行われていた。二、三十人が集まるらしく、盛況らしい。

彰人は今回出るのが初めてだ。

十年ぶりに会う元部員たちばかりだから、不安や期待が入り交じっていた。

今回、出ようと思ったのは理由がある。

人恋しくなった。

単純明快だが、そうなのだ。

きっかけは先日の小春である。

あのとき、彰人の家にやってきてなし崩し的にセックスをしたのだが、朝、起きたときにはすでに小春がキッチンに立っていた。

「おはよう。ごめんね、勝手にキッチン使っちゃって」

小春は白いブラウスだけを身につけて、こじんまりしたキッチンに立って手際よく朝ご飯をつくってくれていたのだ。

米の炊かれるいい匂いがして彰人はハッとした。

「あれ？　炊飯器は壊れてて……」

キッチンを覗くと、雪平鍋《ゆきひら》から湯気が立っている。

「あら、でもお米はあったわよ」

「こういう普通の鍋で米って炊けるんですか？」

訊くと、小春はフライパンを振りながら楽しそうに笑った。

「炊けるわよ。彰人くん、もうちょっと料理してもいいんじゃないかしら。料理って気分転換にもいいわよ。経済的だし」

小春はそう言って、キッチンで手際よく動いていた。

（いやー、いいな……こういうの）

まるで新婚家庭だ。

朝から女性がキッチンに立っているだけで、ほっこりするのに、小春の格好がブラウス一枚というのがたまらない。

前屈みになるだけで白いパンティが見えて、朝からムラムラしてしまう。

「なんかエッチな目してない？　ねえ、もうすぐできるから、座ってて」

いやらしい視線を感じたのか、小春が肩越しに振り向いてきた。

「だ、だって、朝からそんなセクシーな格好してるから……」

「しょうがないじゃない。着替えなんかないし……借りようと思ったんだけど、彰人くん、ぜんぜん起きそうにないんだもん。勝手に借りたら悪いかなって」

「疲れてたんですよ。三回も続けてしたんですから」

ニヤニヤして言うと、小春は目を細めて睨んできた。

「もうっ……ほら、向こうで座っていて」

彼女は顔を赤く染めて、ぷいと前を向いてしまった。

(くうう、たまんないっ)

その拗ね方が、可愛らしすぎた。

彰人は右手を伸ばし、彼女のパンティ越しのヒップを撫でる。

「キャッ！」

彼女は甲高い悲鳴をあげて、ビクンッと身体を震わせる。

「あ、あぶないでしょ。包丁があるのよ。もうっ……向こうに行ってってってば」

肩越しに睨んでくるも、本気で怒っている風ではなかった。

彰人は背後にまわり、小春のパンティに手をかけて、足首までズリ下ろした。

「や！　ちょっと……何するの！」

小春がこちらを振り向いて、焦った顔をする。

「ま、待って。彰人くんっ、待って……」

小春の顔が赤い。怒るより、恥ずかしがっている。

たまらなくなって、彰人は小春をシンクに押しつけたまま、背後から尻丘にぐいぐいと指を食い込ませていく。

「い、いやっ。待ってってば……ごはんつくってから、ね」

焦る小春の表情が可愛すぎる。

彰人は背後から小春のブラウスのボタンを外し、襟元から手を差し入れて、ノーブラの小さなおっぱいを撫でまわし、さらにシコってきた乳頭部もいじってやる。

すると、

「だ、だめっ……あ、ああんっ……だめってば……う、ううんっ」

と、小春はブラウス一枚の身体をビクッ、ビクッと震わせて、ハアハアと息を弾ませ始める。

「たまりませんよっ」

小春の股に指をくぐらすと、すでに花園はぐっしょり濡れて、獣じみた匂いを朝のキッチンに振りまいていた。

「もう濡れてるじゃないですか、しかもこんなに……」

「だって……すごくエッチないじり方してくるんだもん」

拗ねたように言う。可愛らしすぎる。もう完全にノックアウトだ。

彰人はパジャマ代わりに着ていたジャージの下とパンツを下ろして、屹立を小春の尻割れに押しつける。

「えっ……？　あんッ……だめっ、こんなところでなんて……彰人くん、恥ずかしいのっ……ねえ、あとでベッドで……好きなようにさせてあげるからっ」

「だ、だめですっ。今、小春さんが欲しいんですっ」

彰人は立ちバックで、ぐいと小春の膣奥に勃起をめり込ませる。

「あああぁッ……！」

小春はのけぞり、シンクにつかまって腰を震わせる。

「す、すごい……小春さん、もう濡れ濡れじゃないですかっ」

「ああん、違うわっ……いやぁん……だめってば……朝からキッチンなんかで……」

いやがる小春だったが、彰人が怒濤のピストンを続けていると、

「だめっ……はげし、やだっ、そんなにしたら、おかしくなる。おかしくなっちゃうよぉっ……あ、朝から、彰人くんのエッチ……ッ……ああんっ、だ、だめぇ」

すぐに涙目になって、自らもヒップを押しつけてくる。

そして、

「イクッ……あああっ、イッちゃううう！」

甘ったるい声をあげた小春が、ガクンガクンと痙攣する。

（さ、最高だよっ……朝のキッチンでするエッチって……）

小春の膣内に放ちながら、彰人は最高の朝を味わったのだった。

2

そんな甘ったるいイチャラブを経験してしまったら、彰人も本格的に恋人というものが欲しくなった。

来年三十なのだから、やはりひとりは寂しい。

《帰りたくないの》

と、口にするワケアリ人妻が現れて、おみくじの通りに押したら、予想以上にうまくいって関係が持てた。

そろそろ人妻以外の女性もいけるんじゃないか。バスケ部にも、可愛い子がいたよなあ。

あわい期待を胸に、地図にあった居酒屋に行く。

（だいぶ時間過ぎちゃったな）

ドアを開けて入ると、テーブル席はいっぱいで盛りあがっている。見たことのある顔ばかりで一気に緊張がほぐれていく。

全部で三十人くらいか。六人掛けのテーブルすべてが満杯だ。

盛りあがりすぎて、彰人が顔を見せても誰もこっちの方を向かなかったが、

「おーっ、彰人っ」

という声がして、手を振っている男を見れば箕田《みのだ》だった。親しくしていた同級生である。

その声に反応して、あちこちから、

「久しぶりやなー」

「おー、元気だったか」

と声があがる。

よく自転車で一緒に帰った、ひとつ上の先輩である岡田《おかだ》が奥にいる。

手招きしているので懐かしくなって、そのテーブルに向かう。

「岡田さん、老けましたね」

軽口を叩くと、岡田はカラカラと笑った。

「おめえは、おとなしいくせに喋ると口が悪いんだよなぁ」

基本的にバスケ部は、先輩いじりをしても怒るような人はいなかった。

この人が部長だったから、そういった雰囲気ができていたのだろう。

「ほら、ここ座れよ」

岡田が隣をポンポン叩いた。

椅子ではなくベンチだったから、詰めればなんとか座れそうだ。

「でも、狭いですよ」

「いいんだよ、俺が端の方に行くから」

酔っているのかふらふらしながらも、岡田が奥に身体を寄せてくれた。

「じゃあ、失礼します」

と座ると、目の前には飲みかけのグラスがあった。

「ここ、誰がいるんですか？」

岡田に訊いてみると、前にいたテーブル席の女子の先輩、美那子《みなこ》が答えてくれた。

「冬美《ふゆみ》よ。あの子も来てるの。珍しいのよ」

その名を聞いて、にわかにときめいた。

一気に身体が熱くなる。

「ふ、冬美先輩も来てるんすか」

高揚した気持ちを隠そうと平然としたフリをしたが、無理だったようだ。美那子がニヤッとした。

「あんたも、みんなとおんなじ反応するのねえ。うれしいんでしょ」

見透かされている。

バツが悪かったけど、仕方ない。

近藤《こんどう》冬美は、彰人のひとつ上の先輩で、当時の学校のマドンナだった。

瓜実顔に目鼻立ちのくっきりした正統派の美人であり、他の部の部員が冬美のユニフォーム姿を見に、押し寄せてくるほどの人気っぷりであった。

彰人も他の男子同様に熱をあげていた。

誰にも言っていないが、冬美の秘密を見てしまってから、ずっと冬美を気にかけていたのであった。

(しかし、懐かしいな……)

冬美にも、卒業してから会っていなかった。

結婚したことだけは人づてに聞いていたが、知っているのはそれくらいだ。

熱をあげていたのに、OB会に顔を出して彼女に会おうとしなかったのには、理由がある。

実は、彼女が高校を卒業する前に一度告白しているのだ。

といっても、校内一の美少女に普通に「付き合ってください」なんて、奥手の彰人にできるわけはなかった。

友達とのゲームに負けて、罰ゲームで冬美に告白することになったのである。

もちろん、彰人だって冗談半分だった。

いくらなんでも部活の後輩が、

「好きです」

と、言ったところで、ぽかんとするのが関の山なのはわかっている。

同級生たちが隠れて見ている中、彰人は呼び出した冬美を前にして、イキがって告白した。

実際はドキドキだった。

だけど友達が見ているから、そのときは余裕ぶって告白した。どうせまともに告白しても眼中にないと思っていたからだ。

もちろん冬美に鼻で笑われることは想定済みだった。

ところがだ。

告白すると、彼女は哀《かな》しそうな目をして涙ぐんだ。

「冗談でそういうことしないで。よくわかったわ、彰人くんのこと。大嫌いよ、さよなら」

「へ？」

どうやらそのときの冬美は、彰人が罰ゲームで告白したことを、なぜか知っていたらしい。

(なんで泣くんだろう、そんなに悪いことだったのかな)

それ以来、バツが悪くて彼女を避けていたのだった。

「えっ……彰人くんじゃない」

ハッとして顔を上げると、まばゆいばかりの美女が、びっくりしたような顔をして立っていた。

(うおお、冬美先輩っ！　キレイだ……キレイすぎるっ)

十年ぶりに見た美少女は、その目鼻立ちのくっきりした端正な顔立ちのままに、さらに洗練された美女になっていた。

肩までの栗色のストレートヘアに長い睫毛、タレ目がちな大きな双眸に、薄ピンクのルージュで濡れた唇が息を呑むほど色っぽい。

「ふ、冬美先輩っ」

彰人は顔を強張らせる。

強烈に記憶に残っているのは、告白のときの怒った泣き顔だ。

もちろん冬美だって覚えているだろう。

しかし、彼女はニコッとして、うれしそうな顔を見せてくれた。

あの告白は、とりあえずはなかったことにしてくれるらしい。

「ウフフ。久しぶりね。懐かしいわ」

冬美が隣に座る。懐かしい高校時代を思い出すような、甘い匂いがした。

よそ行きなのだろう、Vネックのモヘアニットに、シックなグレーのタイトミニスカートと黒のタイツ。どこから見てもハイソな人妻である。

しかもVネックニットはぴったりして、胸のふくらみの形が浮き立っているし、タイツ越しの太ももがムチムチしてセクシーだった。

(冬美先輩も今は三十歳の人妻か……こんなに色っぽい美人になっているなんて)

心を躍らせつつ、それを隠して彰人は余裕ぶった。

「お久しぶりです。相変わらずキレイですね」

「えっ、彰人くんって、そんなこと言えるキャラだったっけ」

冬美が驚いたように言う。

「え？　言ってませんでしたっけ？」

「聞いたことないわよ。もっとおとなしかったわ」

相手が人妻だと思うと、少しだけラクだった。

人妻よりも独身狙い。

寂しいひとり寝を解消すると決めたので、美人だと思っても人妻の冬美は対象外なのである。

前にいた美那子が空のグラスを差し出して、ビールをついでくれた。

「ほら、飲んで。あんたそういえば、まだ独身よね」

「そうですよ」

乾杯してからグラスを呷り、一息つくと美那子がじろじろ見てきた。

「なんすか」

「いや、独身って珍しいから。ＯＢ会の出席者ってみんな既婚だからさ」

「え？」

騒いでいる先輩や同級生たちを、ぐるりと見た。

「政志《まさし》や光太郎《こうたろう》も？」

結婚してなさそうな同級生の名前を出したら、してる、と返された。

詳しく聞くと、女性もほぼ既婚だ。地方は結婚が早いと聞いていたが舐めていた。

「独身はねえ……あんたと、あと……あっ、冬美も一応独身か」

「は？」

思わず冬美を見てしまった。

結婚していたのは間違いない。

となれば、今、独身というのは……。

冬美は赤くなって、

「もうっ、美那子さんったら。酔っ払いすぎっ」

と、苦笑しながら怒るも美那子はどこ吹く風だ。

「離婚したこと隠してないんでしょ？　いいじゃないの。子どももいないし」

冬美がチラッとこちらを見た。

「まあ、そうだけど」

冬美はグラスを置いて、寂しそうな顔をする。

（やっぱり離婚したのかっ……じゃあ、今は……冬美先輩はシングル？）

一気に身体が熱くなってきた。

冬美は生ビールを頼んで、ごくごくと喉を鳴らして飲んでいる。離婚に触れられたくないんだろうなあと黙っていたら、

「ああ、美味しい。ねえ、彰人くんは結婚したいと思ったことないの？」

「んぐっ、げほっ、げほっ」

結婚とか離婚の話題は避けようと思っていたのに、冬美の方からその話をしてきたので思わず噎せてしまう。

「あ、ありますよ」

「じゃあ、いい人がいなかったってことかしら」

冬美がまた訊いてくる。

「いないっていうか……まあ、出会いもないっていうか」

人妻さんたちとは結構、いい関係になってるんですけどね。

なんてもちろん言えない。

「彰人くんって、どういうタイプが好きなのかしら」

テーブル席の他の女子が訊いてきた。

どうやら独身の彰人が珍しいようで、みんなでちょっかいを出してくる。

「タイプって、えーと、その……優しいというか気が利くというか」

「なあに言ってんのよ、冬美でしょ。タイプは」

美那子がデリカシーも何もなく、からかってきた。

ちらっと冬美を見ると、やはりというべきか、困った顔をしている。

さらに美那子がたたみかける。

「あんた、冬美にずいぶん熱をあげてたもんねえ」

「い、いや、そんなことは……」

ちらりと冬美を見れば、楽しそうに苦笑していて彰人はホッとして、グラスのビールを呷ったときだった。

「そうだ。もう時効だから、暴露しちゃおうっかな。あんたというか、男子たち、部室の壁の穴から女子の着替えを覗いてたでしょう」

美那子の言葉に、また噎せた。

「えーっ？」

テーブル席の女子が非難の声を出す。

一気に全身から冷や汗が出た。

「そうでしょ、岡田くん」

美那子が岡田に訊く。

岡田はバカ正直に頷いた。

「ま、まあな。でも……ほんのちょこっとだけだって。穴も小さいし、見えにくかったし……こいつみたいに、じっくり覗いてなかったって」

「ぼ、僕だって、そんなにじっと見てないですよ」

言い訳しつつ冬美を見ると、彼女はクスクスと笑っていた。

「そんなにじっと見てないですよって……じゃあ、ちょっとは見たんじゃない。エッチ」

美那子に笑われた。

自分もバカがつく正直者だ。

でも、みなに笑われたことで逆に安堵した。

(あー、細かく追及されなくてよかった。なんていったって冬美先輩のあれを覗き見してしまったんだから……)

彰人は冬美に絶対に言えない秘密があった。

あれは高校一年の夏のこと。

スポーツ部の部室棟は体育館の裏にあり、古い木造の建物であった。

部活の最中、彰人はタオルを忘れたことに気付いて部室まで取りに行った。

誰もいない部室だ。

汗臭くて暑くて不快な部屋だった。

タオルを持ってすぐに戻ろうとしたのだが、そのときに大きなハエを部室の中に入れてしまい、追い出そうと虫がどこにいるかしばらく耳を澄ませていた。

するると、

「ううん……」

耳を澄ませていなければ聞き逃していただろう、小さな吐息が聞こえた。

（ん？　なんだろ　なんか女の人の声だったけど）

彰人は息を潜め、壁のポスターをめくる。

現れたのは一センチにも満たない小さな穴だった。彰人が高校に入る前に卒業した先輩が開けたらしい。

隣はバスケ部の女子の部室である。

彰人が三年のときに、女子と男子の部室が隣なのはよくないと、女子の部室を移動させたのだが、当時はまだ隣にあった。

小さな穴の目的は当然、覗きである。

彰人は緊張しながら穴に目を近づけた。ぼんやりとした光の中でわずかに動いている女性の姿があった。

（誰かいるっ！　着替えてないかな？）

鼻息荒く、目を血走らせる。

女子の部室には大きなロッカーがあって、それが邪魔になって実は着替えシーンはちゃんと見えないのだ。

しかし、そのときはわりと見えた記憶がある。

彰人の集中力がすさまじかったのか、それともその女の子のいる位置がよかったのか、今でもよくわからないけれど、いつもよりよく見えた。

(き、今日は見えるぞっ。えっ？)

その女性は冬美だった。

(おおおっ、ふ、冬美先輩だっ！　な、何してるんだろ……)

隣室に憧れのマドンナがいる。

それをひそかに覗いているという構図だけで、彰人はビンビンに勃起させてしまっていた。

冬美はすでにTシャツと短パンに着替えていた。

(くっそー、着替えたあとか……で、でも、着替えたんなら、どうして部活に行かないんだろ？)

それに冬美の様子がおかしかった。

彼女は椅子に座り、つらそうに眉根を寄せて、半開きになった赤い唇から、ひっきりなしに吐息を漏らしている。

「あっ……あっ……」

冬美の声はいつもと違う、甘ったるくエッチなもので、身体が弓のようにそって大きく顎をそらしている。

そして……彰人の頭はショートした。

冬美の左手はTシャツの上から、自らの乳房を揉みしだき、右手は短パンの中に差し入れて、もぞもぞと動かしていたのである。

信じられない光景に、彰人は何も考えられなくなった。

心臓が痛いほどドクドクと脈動し、耳鳴りで何も聞こえなくなった。

だが、しばらく荒い息をして呼吸を整えていると、冬美の行動がなんとなく自分の中でわかってきた。

オナニーだ。

高校一年だった彰人は、女性も自分で自分を慰めたりすることを、そのときに知っていた。

だけど、そんなことをするのはよほどの淫乱だと思っていた。

男のように、みんながみんなするものではないと。

しかし、である。

冬美の妖しい手の動きと息づかいは、もうそうとしか思えなかった。

（ふ、ふ、冬美先輩がっ……オ、オナニーしてるっ！　しかも部室で……）

そのときの冬美のいやらしい顔は、今でも脳裏に焼きついている。

あの清楚な美少女が、頬を赤く染めて、とろんとした目つきで虚空を見つめていた。

危険な場所で、いやらしいことをしているという自覚はあったのだろう。

ドアの方をチラチラ見ながら、しかし、Tシャツの胸や、短パンの中の女の恥部をいじる手の動きはますます淫靡になっていく。

「あっ……あっ……」

かすかに聞こえる、冬美のうわずった声。

そして……届くはずもないのに、冬美の汗の匂いやアソコの芳しい甘香、濃い牝の匂いが鼻先に漂った気がした。

もちろん女性の匂いなんて当時は知らなかった。

完全なる妄想だ。

だけど妄想であっても、あの冬美がムッとするような甘酸っぱい女肉の香りを部室いっぱいにあふれさせている気がした。

頭がくらくらした。

気がつくと、彰人は短パンとパンツを下ろして陰茎を握りしめていた。

（ふ、冬美先輩っ……学校の中だぞ……しかも部活中だぞ……なんていやらしいことをしてるんだ……ああ……こういうエッチな一面があったなんてっ……）

憤りを感じながらも、もう目が離せない。

「あっ……はううんっ……ううんっ……んん……」

覗かれていることなどつゆ知らず、冬美のエッチな声はさらに悩ましいものになっていき、手の動きも淫らになっていく。

そのときだった。

「あっ……あンッ！」

冬美は鋭い声を漏らし、腰をビクンビクンと激しく痙攣させたのだ。

（ど、どうしたんだ？）

冬美の表情が見えた。

恍惚《こうこつ》に導かれたような、とろけた表情だった。

そのときはわからなかった。でも……今ならわかる。

冬美は自分の指で達したのだ。

その表情を見た瞬間、彰人はなすすべなく、部室の床に射精してしまっていたのだった。

（冬美先輩っ、どうしてこんなこと……）

射精を終えた彰人は、冬美の秘密を見てしまったという高揚と、そして罪悪感で頭がいっぱいになっていた。

もちろんそのことは胸の中にしまって誰にも言わなかった。

まだ高校一年生だった純粋な彰人にとって、明るくて誰にも優しい美少女の裏の顔は、とても恐ろしいものに見えたのだ。

女性が怖くなったのも、そのあたりが関係していたのかもしれない。

3

二次会に行くことになった。

ほとんどのＯＢたちが参加するという中で冬美は、

「今日は帰らなくちゃ。ごめんなさい」

と、二次会にはいかないと言うので、彰人はがっかりした。

ところがだ。

「駅まで送っていきなさいよ、彰人くん」

と、美那子や岡田に囃《はや》し立てられた。

彰人と冬美が独身同士だから「くっつけたら面白そう」とか、そうでなくても「ふたりの間になんかあったら、酒の肴《さかな》になる」とか、みんながそういった魂胆を持っているとわかっていたので躊躇《ちゅうちょ》していたら、

「送って、彰人くん」

と、冬美もそれに乗っかってきたので、素直に送ることにした。

最初、冬美はみなの前だからとおどけて、彰人の肩によりかかってきたりしていたのだが、そのうちに本当にしなだれかかってきたので、彰人はドキドキしまくりだった。

駅までの道は十分くらいだ。

冬美を見れば、足元がおぼつかないし、頬が赤く染まっている。

くりくりした瞳がとろんととろけていて、彰人が思っていた以上に冬美は飲んでいたようだった。

「もうっ……みんな結婚してるから、独身の私たちのこと面白がってるのよね」

冬美が苦笑いした。

「そうですよ。まったく僕らのこと……」

と、否定しようとして彰人は口をつぐんだ。

冬美がじっと見つめてきたから、照れてしまったのだ。

「ウフフ。無理矢理にくっつけようなんて……彰人くん、いやよね」

「え？　い、いや……そ、そんなこと……」

彰人が慌てていると、冬美は少し逡巡してから口を開いた。

「……ねえ、実は知ってたのよ、私……」

「な、何をです？」

「覗いてたこと」

「えっ？」

息が止まった。

真顔で凝視すると、冬美は楽しそうに笑う。

「……正確には、彰人くんが覗いてたことを……かな。私が二年のときのことよ。夏の暑い時期、誰もいない部室にいて……覚えているでしょう？」

「え？　な、何を……？」

冬美は顔を赤らめながらニコッと笑い、彰人の耳元に顔を近づけてきた。

「私が……自分の指で、エッチなことをしてたときのことよ……ウフフ。覗いてたでしょ？」

妖しげな目つきをされる。

もう全身が汗まみれだ。

何も言えずに、ぽかんとしていると、冬美はウフフと含み笑いした。

「部室にいたら、彰人くんが前を通るのが、ガラス戸の細い隙間から見えたの。あの当時、部室って小さな扇風機しかなくて、それで暑くて、ほんの数ミリ開けてたの」

そこまで話して、冬美はまた、恥ずかしそうに顔を熱くする。

「そのあと、ひとりで部室にいて……妙に視線を感じるなあって思ったら、壁に小さな穴があって……ちょっとだけ黒い目が見えたの。前から気になってたのよね、その穴。で、彰人くんしかいないはずだから、誰が覗いているかわかったたってわけ」

「……………」

何も言えなかった。

ただ頭の中で言い訳だけがぐるぐるまわっている。

（で、でも、待てよ……）

冬美は覗かれているのがわかっても、自慰行為をやめなかった。

彰人に見られているのを知りながら……。

「ふ、冬美先輩っ……」

かすれ声しか出なかった。

冬美はイタズラっぽく笑い、目を細めて見つめてくる。

「あのあと……私と部活で会っても目も合わそうとしなかったわ。すごく可愛らしかった。だけど、穴は塞いじゃったけどね、ロッカーを動かして蓋にして」

言われてみれば……あのあとから何も見えなくなったのを、思い出した。

駅が近づいてきた。

改札の前まできて冬美は立ち止まり、続きを話す。

「だから、彰人くんの……あの告白ね……ちょっと期待しちゃってた。でも、友達が隠れてるのが見えて……意気地無しって思ったわ……ひとりで来て欲しかったのに。人に見られてるのが恥ずかしかったから、わざと冷たいこと言っちゃった」

「えっ？」

十年経って、ようやく理解した。

あれは……冬美が怒っていたのは、罰ゲームで告白したからじゃなくて、彰人がひとりで来なかったからなのか。

ということはだ……。

「あ、あの……」

「ねえ、私、次の電車が最終なの」

改札前の時刻表に、駅の発車時刻が出ていた。

彰人の家とは反対方向の電車だ。

あと五分でやってくる。

「ありがとう。いろいろ告白できて、すっきりできたわ。ウフフ」

「そ、そんな、僕の方こそ……」

ふたりで見つめ合った。

今までだったら、ここで、

《帰りたくないの……》

と、冬美から魔法の言葉が出るはずだった。

冬美はニッコリ笑っていた。

間違いなく、いい雰囲気である。

冬美は今もきっと好意を持ってくれているはずだ。でなければ、あんな恥ずかしい告白はしないはずである。

だけど……。

いくら待っていても冬美は、

《帰りたくないの……》

と、言ってくれなかった。

電車がホームに滑り込んできた。

「……じゃあね……」

冬美が手を振っていた。

寂しそうだった。

「……じゃあ……」

彰人も手を振った。

言わないのか、言ってくれないのか……。

電車のドアが開く。

冬美が乗り込もうとしたときだった。

言わないいなら、自分から言うしかない。

他力本願ではだめだ。

自分から行動に出なければだめだ。

受け身ばかりでは、本当に大切なものを逃してしまう。

気がついたら、冬美の手を強く握っていた。

「あ、あの……か、帰したくないですッ！　ふ、冬美先輩ッ」

冬美が驚いた顔をした。

だがすぐにタレ目がちな双眸を細めて、優しく微笑んでからギュッと手を握り返してくれた。

「……ウフフ。今度の告白は本気みたいね」

夜の新潟駅は人が多かったけど、そんなの関係ない。

彰人は冬美を抱きしめていた。

「……みんなのおもちゃにされるわよ」

「いいですよ、そんなの……僕、冬美先輩が好きだったんですから」

すんなりと言葉が出た。

冬美が口づけしてくれた。

寒い夜のキスは、とても温かかった。

4

「ううんっ……ううんっ」

駅の近くのビジネスホテルを借りて、ふたりで部屋に入ると、どちらからともなく求め合って唇を重ねた。

(ああ、キスしてるっ、あの冬美先輩と……こ、こんなに甘いのか……冬美先輩の唇って)

夢心地だった。

ずっと憧れだった人である。

清楚で可憐で……そして……女の秘めたるエロスを見せて、彰人に女の怖さと欲望の深さを教えてくれた人だった。

彰人は冬美を抱きしめて、タイトミニの尻を撫でながら、ニットの上から胸のふくらみをつかんだ。

「んんんっ……」

冬美は唇を奪われたまま、顔をのけぞらせる。

（おっぱいもお尻も、ムチムチだ。さすが三十路《みそじ》のバツイチだ）

乳房のたわみが、ニットとブラジャー越しにも指先に伝わってくる。

手を開いてもつかみきれない大きさで、下からすくうようにして揉めば、指先が沈み込んでいくほど柔らかい。

（ああ、今、あの冬美先輩を抱いてるんだっ）

ジーンとした感動が、身体の奥から湧きあがってくるようだった。

抱きしめているだけでも恍惚となるのだが、甘い匂いを嗅いでいると、片思いだったマドンナを想う、思春期の激しい欲望が甦ってくる。

掛け値無しの美少女だった。

バスケのユニフォーム越しに揺れる乳房やヒップがたまらなかった。

汗の甘酸っぱい匂いも、トレーニングでの苦しげな顔も、ドキッとするほどいやらしく見えた。

（ああ、冬美先輩っ……）

はやる欲望を抑えながら、冬美の口の中を舌でまさぐると、

「んんっ、んんうっ……」

冬美も息づかいを荒くさせて、ひかえめに舌を動かしてきた。

（ああ……冬美先輩と、エッチなベロチューなんてッ………）

ねちねちと舌をからませていると、ふいに感動で身体が震えてきた。

さらに激しく舌を動かしていくと冬美は、

「ううん……んぅぅ……」

と、悩ましい鼻息を漏らし、いよいよ彰人の背中に手をまわして、もっとしてほしいというように抱きしめてくる。

（まさか……冬美先輩も……僕のこと……）

自分の片思いだとばかり思っていた。

当然だ。雲の上の人だったのだから……。

だけど冬美は彰人のことも気にしていた。

自分の自慰行為を見せて、からかうぐらいに……。

（そうだっ）

あの覗きは衝撃的だった。

それで……もう一度、見たくなった。今度はこちらから、冬美をいじめてみたくなったのだ。

「冬美先輩……あのときの再現をしてくれませんか？」

キスをほどいて言うと、とろけていた冬美がにわかに顔を曇らせる。

「あのとき？」

「部室で、自分で慰めていたときのことです。さっき言いましたよね、僕が覗いているのを知っててシテたって……もう一度、今度は直に見せて欲しいんです」

冬美が目を細めた。

「な、何を言ってるのよ」

「本気です。冬美先輩、服を脱いで脚を開いて……あのときのように、自分の指でやってみてください」

怒られるかもしれないと思った。

だけど冬美にはアブノーマルなところがある。それに今は、ふたりとも盛りあがっているのだ。

「早く」

「い、いやっ……恥ずかしいよ、そんなこと……」

恥じらう言葉を口にしつつも、冬美はすでに瞳を濡らしてきていた。

やはりだ。

やはりこの人は、エロい。

「恥ずかしいなんて……ホントは見せたいんですよね、あのときみたいに」

思いきって煽《あお》ると、彼女はイヤイヤと首を振る。

だが、しばらく彰人をじっと見ていた後に、

「本気なのね……」

と、諦めたように言い、ベッドの上に乗って自らスカートを外し始めた。

「やっぱり……彰人くんって……いやらしすぎる……久しぶりに会ったのに、私にこんなことをさせるなんてっ……」

「冬美先輩だって……いやらしいじゃないですか」

反論すると、冬美は可愛らしく拗ねた。

拗ねながらも、上はニットのまま、下はパンティを透かせる黒のタイツという恥ずかしい格好になると、しばらく逡巡してから体育座りをして、パンティとタイツを丸めながら爪先から抜き取っていく。

「おっ、おおおっ……」

思わず目を血走らせて、声をあげてしまった
下だけ、すっぽんぽんという恥ずかしい格好の冬美が、あまりにエロティックだったからだ。

「ああ、早くっ……あのときのように指でしてください……」

鼻息を荒げて言うと、冬美は口惜しそうに唇を嚙んでから、やがて大きなため息をついて、おずおずと膝を左右に開いていく。

（くおおっ、冬美先輩のおまんこだっ……）

興奮のボルテージが上がる。

恥毛の下に、少しくすんだ色の花園があった。

気品があっても、やはり彼女は元人妻だ。使い込んでいるような恥部の色艶と、気品ある顔立ちのギャップがたまらない。

冬美は顔をそむけ、震える右手を股間に忍ばせていく。

「ううっ……」

と、つらそうに呻きながら、そっとワレ目に触れる。

指がピンクの粘膜に触れたときだった。

ちゅっ、と水音が立ち、その音が恥ずかしかったのだろう、

「い、いやっ！」

と、冬美が顔を横に振りたくる。

「……っ、続けてっ、続けてください」

じっと眺めていると、やがて彼女は諦めたように涙目になりながらも、いよいよ指を動かして己の肉壁を刺激し始めた。

「も、もっとですっ……もっと奥まで指を入れてっ」

身を乗り出して言えば、冬美はチラッとこちらを睨みつけてから、それでも指を深く入れて、

「あンッ……」

と、かすかな喘ぎを漏らして、せつなそうな顔を見せてくる。

「んっ、ンンンッ……だめっ、だめなのに……」

そう言いつつも、冬美の淫らな指の動きは止まらない。

昂《たか》ぶってきたのだろう。

最初は、彰人が見ていると意識して恥ずかしそうにひかえめにしていたのに、次第に指の動きは大胆になってくる。

「す、すごいっ、エロすぎる」

「い、言わないでっ……あなたがさせてるんでしょ、あっ……あっ……」

と、半開きになった口唇から、うわずった声が漏れている。

ぐちゅ、ぐちゅ、という水音がして、挿入している指も、みるみる透明な蜜でぐっ

しょりになっていく。

（す、すごいっ……）

あのときの興奮が蘇る。

もう股間は痛いくらいにみなぎっている。

「ああん、恥ずかしいのに……はああんっ……」

冬美の指はますます淫らに動き、いよいよ腰をくねらせてきた。

「き、気持ちいいですか？」

訊くと、涙目の冬美は小さく頷いた。

そして、

「はああん……ああん……」

と、甘ったるいかすれ声をひっきりなしに漏らし、どんどん腰の動きを淫らにさせていく。

「ああんっ！　……だめっ……もうだめっ！　……見ちゃダメっ、はううんっ！」

冬美が叫んだときだった。

ぷしゅっ、ぷしゅっ……と、股間からシャワーのように汁を噴き出したので、彰人は驚いた。

（えっ？　これって……まさか……）

シーツも、冬美の右手もびっしょりだった。

「あっ……」

シーツの洪水を見た冬美は、われに返り、

「いやっ、いやっ……見ないでっ！」

と、ベッドの布団にくるまり顔を隠してしまった。

（やっぱり、気持ち良すぎて潮を吹いたんだ……な、なんてエロい……清楚な人なのに……）

冴子課長も、小春さんも、新幹線で会った結菜さんも、瑞希も、女性の恥じらいはたまらなく可愛い。

「冬美先輩……エロ過ぎ……」

ニヤニヤ笑って言うと、冬美は布団から顔だけをちょこんと出してきて、

「だって、だって……スイッチ入っちゃうと、おかしくなっちゃうんだもん。彰人くんがさせたのよ」

拗ねる冬美先輩が愛おしすぎた。

「でも可愛かったですよ」

「ねえ……私ばっかり、エッチなことしてずるいよ。彰人くんも脱いでよ」

冬美が妖しげな笑みを見せてきた。

彰人は服をすべて脱ぎ、冬美の布団を剝ぎ取り、そしてニットもブラも外させて抱きついていく。

（これが、冬美先輩の裸……ずっと夢見てた……き、気持ちいいっ）

舌や指で愛撫しているだけで、堪えられなくなってきた。

冬美のことをじっと見れば、彼女ももう欲しくなっていたのだろう、小さく頷いてくれた。

脚を開かせて、怒張を近づける。

いよいよだ、と思うと全身が震えた。

十年前の妄想が、いよいよ現実になる。

片思いしていた憧れの美少女とひとつになるのだ。息苦しさが増して全身がドクドクと脈を打っている。

「い、いきますよ」

ぐっしょり濡れた花園に肉竿を押しつける。

狭い穴が広がる感触がして、一気に冬美の膣内に、ペニスがぬるぬると嵌《は》まり込んでいく。

「ぁあう……！」

冬美が顎を大きくあげ、乳房が揺れ弾むほど背をのけぞらせる。

（ああ、つながってる……ついに、冬美先輩とひとつに……！）

感動で目頭が熱くなる。

冬美の膣襞がペニスにからみつくのを感じながら、グッと奥まで挿入すると、

「ああっ、だめっ……あんっ……大きいっ……ああんっ！」

と、冬美は悲鳴混じりの悩ましい声をあげる。

「くううう……気持ちいい……」

思わず歓喜の声をあげてしまうと、冬美もハアハアと息を弾ませながら、

「私もっ……気持ちいいよっ……ああんっ、彰人くんのオチンチン、私の奥まで届いてっ……ああんっ……いいっ、いいっ……」

美女が、淫らな単語を口にする。

驚いているのを尻目に、冬美が下からギュッと抱きついてきて、激しいキスを仕掛けてきた。

「んううんっ……ううんっ……」

こちらも激しく舌をもつれさせる。ふたりの口が互いのヨダレまみれになる。

（ああ……冬美先輩の中に入ったまま……キスしてるっ……最高だ……）

冬美が求めている。

うれしかった。

もう止まらなくなって、ピストンすれば、

「ああんッ！　激しっ……はああんっ……」

と感じ入った声を漏らして、冬美からも腰を動かしてくる。

「くううっ、冬美先輩の腰の動き……たまんないですっ……ああ、待って、待ってください」

「だーめっ……あんな恥ずかしいことさせたんだから……ッ」

冬美はイタズラっぽく笑って、さらに腰をまわしてきた。

「おおおおっ」

射精しそうだった。

それでも負けじと、こっちも激しくストロークする。

パンパンと肉の打擲音《ちょうちゃく》が鳴り響き、汗が飛び散りシーツを濡らす。

「ああん、だめっ、そんなの……ああん、気持ちいい、私、ああん、イク……イッちやうっ……ねえ、私、イッちゃうっ」

冬美が訴えてきた。

まさにその顔は、高校時代……夏の部室で見た冬美の恍惚の表情だった。

「ずっと、ずっと見せてください。そのいやらしい顔……僕にだけ……」

真っ直ぐに向いて言うと、冬美は恥ずかしそうにしながらも、しっかりと頷いてくれたのだった。

（了）

※本作品はフィクションです。作品内に登場する団体、
人物、地域等は実在のものとは関係ありません。

帰《かえ》りたくない人妻《ひとづま》

〈書き下ろし長編官能小説〉

2023年11月6日 初版第一刷発行

著者……………………………………………… 桜井真琴

ブックデザイン…………………橋元浩明(sowhat.Inc.)

発行人……………………………………………後藤明信

発行所…………………………………株式会社竹書房

〒102-0075 東京都千代田区三番町８－１

三番町東急ビル６F

email：info@takeshobo.co.jp

http://www.takeshobo.co.jp

印刷所………………………… 中央精版印刷株式会社

竹書房ラブロマン文庫　近刊目録

※価格はすべて税込です。

好評既刊

長編官能小説
恥じらい水着カフェ
美野晶　著

夏の売り上げを上げるため水着で接客するサービスを始めたカフェで、バイト青年は美女たちに誘惑される…！

803円

長編官能小説〈新装版〉
再会の美肉
北條拓人　著

記憶喪失の青年は過去の手がかりを求め、かつて肉体関係のあった女たちの媚肉めぐりを…。傑作誘惑ロマン！

803円

長編官能小説
義母と隣り妻とぼくの蜜色の日々
桜井真琴　著

青年は父の再婚相手である義母に想いを寄せるのだが、奔放な隣家の人妻から誘惑されて…⁉　禁断新生活エロス。

803円

長編官能小説
こじらせ美女との淫ら婚活
北條拓人　著

性癖をこじらせた女性が集まるアプリで、出会った美女と甘々プレイに興じる青年…。誘惑ハーレムロマン！

803円